U0164989

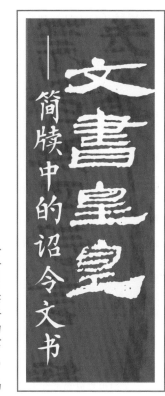

『简』述中国　朱建军 ◎ 总主编

文書皇皇
——简牍中的诏令文书

甘肃简牍博物馆 ◎ 编

高倩如　魏怡帆 ◎ 著

西南交通大学出版社

· 成都 ·

图书在版编目（ＣＩＰ）数据

文书皇皇：简牍中的诏令文书 / 甘肃简牍博物馆编；
朱建军总主编；高倩如，魏怡帆著. —成都：西南交
通大学出版社，2023.3
（"简"述中国）
ISBN 978-7-5643-9176-8

Ⅰ. ①文… Ⅱ. ①甘… ②朱… ③高… ④魏… Ⅲ.
①居延汉简 – 研究 Ⅳ. ①K877.54

中国国家版本馆 CIP 数据核字（2023）第 027708 号

"简"述中国　　朱建军　总主编

Wenshu Huanghuang——Jiandu zhong de Zhaoling Wenshu
文书皇皇——简牍中的诏令文书

甘肃简牍博物馆　编
高倩如　魏怡帆　著

责 任 编 辑	李　欣
封 面 设 计	原谋书装
出 版 发 行	西南交通大学出版社
	（四川省成都市金牛区二环路北一段 111 号
	西南交通大学创新大厦 21 楼）
发行部电话	028-87600564　028-87600533
邮 政 编 码	610031
网　　　址	http://www.xnjdcbs.com
印　　　刷	四川玖艺呈现印刷有限公司
成 品 尺 寸	165 mm×230 mm
印　　　张	13.75
字　　　数	181 千
版　　　次	2023 年 3 月第 1 版
印　　　次	2023 年 3 月第 1 次
书　　　号	ISBN 978-7-5643-9176-8
定　　　价	45.00 元

总　序
简述丝路　牍懂中国

　　简牍是纸张发明前中国古人最重要的文字书写载体。中国古人将竹木削成薄片，研墨笔书，如《尚书·多士》载"惟殷先人，有册有典"，可见早在商朝时期，古人除了以甲骨契刻文字外，还将竹木简牍编联成册，记载国家政令典章。《墨子·兼爱》载"书于竹帛，镂于金石，琢于盘盂，传遗后世子孙者知之"，说的就是古人通过书写竹木简牍，刻琢金石盘盂，把他们那个时代的思想文化保存下来，留传后世。

　　在中国古代先后有两次比较重要的简牍发现，一是西汉时的孔壁中书，二是西晋时的汲冢竹书，人们将其称为"孔壁汲冢"。这两次出土以先秦时的典籍为主，这些古文典籍的发现对中国古代学术史产生过重大影响。据不完全统计，自20世纪初迄今，在百余年的时间里全国各地历年历次出土的简牍约30万枚，包括楚简、秦简、汉简、三国吴简、晋简等，其时代涵盖了先秦战国至汉晋。简牍记载的内容从大的方面而言，主要包括文书和典籍两大类。文书类包括各种体裁和形制的官私文书，属于实用文体；典籍类则包括各种思想文化的作品，属于艺文典籍。这一时期是中国古代思想文化、政治制度形成时期，同时也是社会经济、民族交融等发展的重要时期，因这些政令文书和艺文典籍文献主要记载于竹木简牍之上，故我们称这一时期为"简牍时代"。

　　甘肃是近世以来最早发现汉简的地区，自1907年英籍匈牙利人探险家斯坦因（A.Stein）第二次中亚探险期间在敦煌汉长城烽燧遗址掘获700多枚汉简（不包括2000多件残片）以来，至1990—1992年敦煌悬泉汉简的发现，历年历次在汉代敦煌、张掖和酒泉郡的长城烽燧遗址和悬泉置遗址出土了数万枚简牍，这其中汉简占绝大部分。甘肃简牍博物馆收藏有近4万枚秦汉魏晋简牍，本丛书中统称为"甘肃简牍"或"甘肃汉简"。

与南方墓葬出土的以先秦典籍为主的简牍不同，甘肃汉简内容丰富，以日常书写的方式，多角度体现了汉塞边关吏卒们的政令文书、屯戍生活、书信往来、天文历法、农事生产、交通保障等。这些不曾为史书记载的历史细节，真实地重现了汉代河西边塞的社会生活和民风民俗，丰富了古丝绸之路的物质文化和精神文化。

甘肃简牍博物馆是以简牍为主要藏品的专题博物馆，这要求馆里的每一位员工都要熟悉馆藏的近4万枚简牍，以便更好从事各自岗位上的工作。讲好简牍故事，让文物活起来，是我们义不容辞的责任和使命。数万枚甘肃简牍是不可多得的出土文献，它的历史价值和文献价值自不待言，在学者们整理研究的基础上讲述简牍故事，弘扬简牍文化，是甘肃简牍博物馆在新时期的重要课题，也是甘肃简牍博物馆所应承担的使命和工作。讲好简牍故事，传播中国声音，"'简'述中国"丛书就是我们的一个尝试和努力。

甘肃简牍博物馆　朱建军

癸卯年立夏谨记

前　言

　　甘肃地处祖国西南，是丝绸之路和中西交通的重要通道，甘肃简牍则是秦汉时期的原始档案，从政治、经济到文化、文明，涉及人类生活的方方面面，具有证史、补史、纠史等重要价值。

　　本书选取的简牍及其他各类文物均出土于居延边塞，因为居延是汉代西北边疆要塞驻军遗址，所以其出土简牍内容多是与军事、政治活动相关的屯戍文书，也有和地方行政及社会、经济相关的其他文书，大多是当年藏在文件柜、档案库里的军事秘密。本书的内容侧重于朝廷下发至居延的诏书律令、居延边塞的军事屯戍文书，通过这些行政文书的记载，我们可以再现秦汉时期的边郡治理、军事塞防、屯戍劳作、边塞民风等。

　　诏书指的是以皇帝名义颁布的、用以布告天下臣民重大政事的公文，能够直接体现皇帝的意志，也能看出皇帝意志在基层实现的细节。据李均明《秦汉简牍文书分类辑解》，先秦时期，最高统治者的命令文书称为"命书"。秦统一后，为强化专制主义皇权，"命"改称为"诏"与"制"，至西汉又分化为功能各异的策书、制书、诏书、戒敕。其中，用途较广的是"制书"和"诏书"。

　　本书共分为九个章节，包括"生态保护""任免升迁""民风习俗""禁止之事""乘塞守边""官司纠纷""宦海沉浮""地湾往事""出入金关"，从以上九个章节标题可以看出，诏令文书并非我们所认为的那般枯燥乏味，它涉及生活的方方面面。

　　第一章"生态保护"主要讲述了窦融保据河西时期的四时月令，要求在一定时期内不得伐木及屠宰牲畜等，可以反映出居延边地对此类规定的落实情况，对研究两汉之际河西社会的林业和生态保护有一定的价值。

第二章"任免升迁"主要介绍了居延甲渠候官基层吏员的人事调动及任免文书，从中我们可以了解到汉代的基层官吏有哪些升迁途径、任命文书中是如何登记个人信息等。

第三章"民风习俗"则介绍了关于秋祠社稷、社稷时的祝祷词、东汉初年腊八节发放腊钱的记录，以及对当时婚嫁花费标准的规定等，可以帮助我们了解汉代边塞社会风俗及婚丧嫁娶等习俗，原来在两千年前严明禁止过度铺张浪费的现象。

第四章"禁止之事"包含了生活百态，禁止盗取墓葬中的衣物、禁止私自铸造钱币、甚至禁止屠杀牛马等，从一件件禁止的事件中我们可以窥探到先民们对于某些社会现象的态度。

第五章"乘塞守边"中描绘的则是戍守边塞的士卒们的生活百态。汉匈关系一直是影响汉王朝政治、经济、军事、社会的重大因素，那么戍守边塞的将士，他们配备有什么武器？当敌人来犯时如何幡举烽火？工资及粮食配给如何？大赦天下后戍卒要做些什么？当捕斩匈奴时，朝廷会有怎样的赏赐？

第六章"官司纠纷"介绍了汉代戍卒以及老百姓之间的矛盾纠纷，有夜采胡宇迷途记、马驹之死，有士吏的宦海沉浮、工作中的打架斗殴，甚至还有官民之间打官司，最后民赢官的事件，还原了汉代边塞的法律场景。

第七章"宦海沉浮"中，我们可以看到吏卒因各种工作失职而受到责罚，如未按期归还器物、未按时送达檄书等，还有一位隧长失职受罚，但因其家境贫寒，候长上言为其请求减轻处罚。虽然多是惩罚内容，但也让我们看到了"同事"之间的温暖。

第八章"地湾往事"，汉代的居延防线呈"Y"字形，很多要塞都是沿着弱水两岸分布的，从北向南有殄北塞、甲渠塞、广地塞、囊他塞、肩水塞等，地湾遗址则与之形成完整的防御体系。本章展现了在这片土地上生活的戍卒们穿什么衣物，住什么房子，医疗水平如何，能看到秦汉边塞的生活画卷。

第九章"出入金关"里，含有部分非简牍类文物，皆出土于肩水金关遗址，从这一章可以看到作为扼守弱水、防止北方游牧民族南下侵扰酒泉的北大门，有很多的戍卒亲属、经商人、使者团队在此处往来。

《庄子·知北游》中"其来无迹，其往无崖，无门无房，四达之皇皇也"，就有四通八达、畅行无阻之意，汉代在广袤的疆域上设置无数驿置机构，布置如网的交通道路，驿马奔驰，无数的诏令文书在庞大的路网中传递，真可谓"四达之皇皇"。基于此种考虑，我们将本书取名为《文书皇皇——简牍中的诏令文书》。朱建军馆长说"数万枚甘肃简牍是丝绸之路你来我往，万千故事的日常书写"，这是对甘肃简牍内涵和价值的高度提炼，也是对"'简'述中国"的生动诠释。

作　者

2023 年 3 月

目　录

四时之禁

1974年出土于甲渠候官遗址第22号房址内。共2枚木牍（出土编号：EPF22：49、50）。长22.8厘米，宽1.6厘米。第1枚为标题，第2枚是正文，转述府书内容，背面署有"掾谭"。该简册为窦融保据河西时期甲渠鄣候按时上报的四时簿底稿。全文63字。

文书中的"四时禁"，当指依照"四时月令"一类规定，在一定时期内不得上山伐木、不得屠宰牲畜等。同样内容的文书还有另外两枚木牍（出土编号：EPF22：51、52），除时间为"建武六年七月戊戌朔乙卯"外，其他内容基本雷同。简册反映了东汉初年居延边地对"月令"规定的落实情况，对研究西北边地的生态保护有一定借鉴价值。现藏甘肃简牍博物馆。

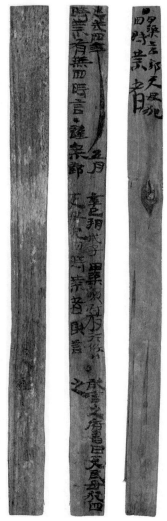

图1-1 建武四年甲渠言部吏毋犯四时禁者书

第一章

生态保护

四时之禁

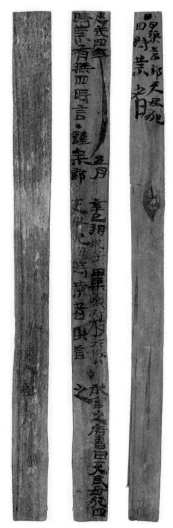

　　1974 年出土于甲渠候官遗址第 22 号房址内。共 2 枚木牍（出土编号：EPF22：49、50）。长 22.8 厘米，宽 1.6 厘米。第 1 枚为标题，第 2 枚是正文，转述府书内容，背面署有"掾谭"。该简册为窦融保据河西时期甲渠鄣候按时上报的四时簿底稿。全文 63 字。

　　文书中的"四时禁"，当指依照"四时月令"一类规定，在一定时期内不得上山伐木、不得屠宰牲畜等。同样内容的文书还有另外两枚木牍（出土编号：EPF22：51、52），除时间为"建武六年七月戊戌朔乙卯"外，其他内容基本雷同。简册反映了东汉初年居延边地对"月令"规定的落实情况，对研究西北边地的生态保护有一定借鉴价值。现藏甘肃简牍博物馆。

图 1–1　建武四年甲渠言部吏
毋犯四时禁者书

·甲渠言部吏毋犯四时禁者。建武四年五月辛巳朔戊子，甲渠塞尉放行候事，敢言之。府书曰：吏民毋犯四时禁，有无，四时言。·谨案，部吏毋犯四时禁者，敢言之。

阅牍延伸

一、汉代的官吏代理

汉代官吏通过察举与征辟入仕，基层地方社会在很多情况下会出现吏员缺额。假如按照规定应该设置的官吏没有备齐，或者长吏因公外出，导致负责人不在署，此时一般会安排副手或其他吏员进行代理。据出土的西北汉简可知，官吏因缺员或不在署由其他官员代理签署文件的情形极为常见。简文中用来表示代理与兼任某官职务的词语有"守"与"行"等词。上述简文中"甲渠塞尉放行候事"就说明此时甲渠候官长吏出缺，由副手塞尉代行候事。

二、四时禁

本文介绍的建武四年（28年）甲渠言部吏毋犯四时禁者简，是甲渠候官应居延都尉府的要求自查与约束部下吏员，不要违反"四时禁"令的覆文底稿，时间在建武四年五月戊子（28年6月19日）。在居延破城子22号房址出土的同类型简中，有三枚编号相近的简文都是戊子当天书写，分别是甲渠候官对禁止砍伐树木与屠杀马牛的覆文。汉政府要求执行的"四时禁"，是对农业生产、工程修造、战争动员等事务在基层社会的开展时间进行的指导性令文。敦煌悬泉置出土的《四时月令诏条》墙壁题记即是此类禁令的具体布告形式。

毋伐树木

1974年出土于甲渠候官遗址第22号房址内。共1枚木牍（出土编号：EPF22：53），长22.5厘米，宽1.8厘米。内容为东汉初年窦融统治河西时期四时簿的上报底稿。正面为正文，背面为书吏签署，存46字。根据内容和文例，可补文书标题为"甲渠言部吏毋伐树木者"。该文书是甲渠候官根据都尉府书要求，执行四时禁自查的覆文留档底稿，通过对该文书的研究，可以知晓东汉初年河西地区四时禁的执行情况，对研究两汉之际河西社会的林业和生态保护有一定的价值。现藏甘肃简牍博物馆。

建武六年七月戊戌朔乙卯，甲渠鄣候，敢言之。府书曰：吏民毋得伐树木，有无，四时言。·谨案，部吏毋伐树木。掾谭、令史嘉。

图1-2 建武六年甲渠
言部吏毋伐树木者书

禁止伐术

夏朝时有禁令，一年四季，春季三月，不可伐木，以保证草木生长；夏季三月，不许捕鱼，以待鱼鳖繁衍。

周文王伐崇时曾下令，不得杀人、损毁房屋、填埋水井、砍伐树木等，也不许抢劫六畜，如有不听号令者，则要受到惩处。《周礼》详细记载了周代设置的管理山、川、林、泽的职官及其职责。掌管山、泽、林、川的官吏分别称为山虞、泽虞、林衡和川衡。其中，专管禁猎政令的官职称"迹人"，凡田猎者，都必须服从"迹人"的管理，禁止捕杀幼兽、摘取鸟卵及使用有毒的箭射杀禽兽，以管理山、林、川、泽，保护生态环境和野生动物。

春秋战国，对山、林、水、泽、野生动物的管理亦制定了相应的法令，齐国规定山林水泽须按时封闭和开放。《管子·地数》载："苟山之见荣者，谨封而为禁。有动封山者，罪死而不赦。有犯令者，左足入，左足断，右足入，右足断。"由此可见，当时对违反保护规定的处罚相当严厉。孟子曾说"斧斤以时入山林，材木不可胜用"，强调砍伐的时间要合适，这也正体现了可持续发展的理念。

睡虎地秦简《田律》规定，禁止吏民春夏砍伐树木，也不许堵塞水道，不得焚草作肥、采摘萌芽的植物，不能捕捉幼兽、毒杀鱼鳖，也不可设置捕捉鸟兽的陷阱。这些禁令直至夏季过后才得解除。汉时月令，与秦之律法有一脉相承的地方，春夏两季也不得摘巢探卵、弹射飞鸟，同时禁止伐木、焚烧山林等。

此简册禁吏民伐木当属于四时禁令的一种，通过对其具体规定的解读，我们可以了解秦汉时期的生态观及当时对林业的重视与对自然环境的保护。

第二章

任免升迁

汉代基层官吏的升迁途径

　　1974年出土于居延甲渠候官遗址。共两枚木简（出土编号：EPF22：439—440），一枚简完整，长23.2厘米，宽1.2厘米，一枚简右上端略残缺，两简均为单行隶书。内容是王莽始建国天凤五年（18年）居延甲渠候官基层吏员的任命文书。两简作为居延边塞对基层官吏的任命文件，对研究新莽时期边防军事制度有一定的价值。现藏甘肃简牍博物馆。

简 牍 释 文

　　第十三隧长居延万岁里上造冯强，年二十五，始建国天凤五年正月辛亥除补甲沟候官尉史，代夏侯常。

　　□□甲渠塞候长居延肩水里公乘窦何，年卅五，始建国天凤上戊五年正月丁丑除。

简 文 大 意

　　冯强，25岁，张掖郡居延县万岁里人氏，爵位为上造，原居延甲渠候官第十部第十四隧隧长。始建国天凤五年正月辛亥（18年1月6日）

图 2-1　始建国天凤五年吏除补牒

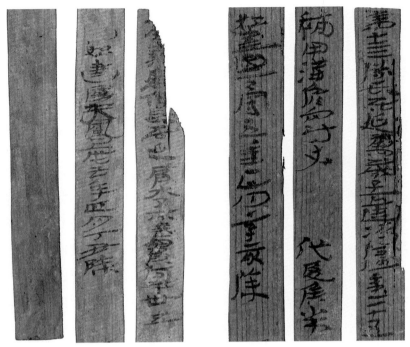

图 2-2　始建国天凤五年吏除补牒局部

拟任甲渠候官尉史一职，同时免去夏侯常的尉史职务。

　　窦何，35 岁，张掖郡居延县肩水里人氏，爵位为公乘，始建国天凤上戊五年正月丁丑（18 年 2 月 1 日）拟任甲渠塞某部候长。

阅 牍 延 伸

一、除补

　　除补，汉代官吏任免术语。除即任命，补即补缺或调任。简文中的冯强即从隧长调任候官任尉史，属于升迁。因为我们不清楚窦何以前所任职务，故他现任候长一职不知是降职、平调还是升迁。

二、汉代基层官吏升迁途径

汉代基层官吏的升迁途径主要有以久次迁、功次迁、秩次迁等。久次，汉代官制用语，以久次迁即指官吏任职已久，论资历依次升迁。如《后汉书·陈忠传》：忠原任尚书，以久次转为仆射。以功次迁即以任职期间累积的功和劳来获得升迁。以秩次迁即以秩禄高低顺序获得升迁。

三、窦何

"窦何"一名在居延汉简里共出现三次。如"建武三年七月万岁候长宪上书"中记载，东汉建武三年（27年），甲渠候官万岁部候长宪视察边塞事务时发现第七隧不但兵器丢失了，连隧长徐循也神秘失踪了。经过调查才清楚，原来一群胡虏闯到万岁部辖境的游击亭，将徐循连人带兵器一并掳走，不知所踪。这件事情的亲历者就有一名叫窦何的人，候长宪正是通过问询窦何才了解到事件真相。这个窦何的身份和职务是个谜。

除此以外，在居延汉简里还记载有一位名叫窦何的人，他是甲渠候官城北部的候长。这个叫窦何的人曾在某年十月的一天派他的手下掾谭到甲渠候官领取十一月的廪食，并且留下了一份被剖成两半的合同原件。据现有资料，不知汉简里记录了三次的"窦何"是否同一个人。

一份未正式生效的官员任免文件

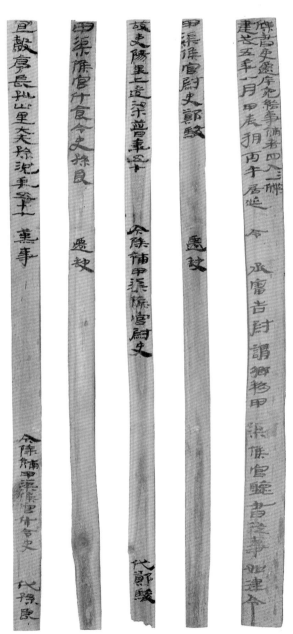

图 2-3 居延令移甲渠吏迁补牒

1974年出土于甲渠候官遗址第22号房址。简册一共5枚（出土编号：EPF22：56—60），简牍均长22.7厘米，其中第1枚宽1.6厘米，其余4枚宽1厘米。存字141字。这是一份东汉建武五年八月甲辰（29年8月31日）由居延县令签发的一份官吏任免草拟文件。第1简文是文件标题和行文要求，其他4简则是此次任免人员和岗位的具体内容。在简牍背面书有此文件的起草人掾党和令史循二人，属于共同署名。该文书对了解汉代基层吏员的任免、除补等基本程序有一定的参考价值。现藏甘肃简牍博物馆。

简牍释文

牒书：吏迁、斥免、给事补者四人，人一牒。建武五年八月甲辰朔丙午，居延令丞审告尉：谓乡移甲渠候官，听书从事，如律令。

甲渠候官尉史郑骏，迁缺。故吏阳里上造梁普，年五十，今除补甲渠候官尉史，代郑骏。

甲渠候官斗食令史孙良，迁缺。

宜谷亭长孤山里大夫孙况，年五十七，薰事，今除补甲渠候官斗令史，代孙良。掾党，令史循，甲渠此书已发，传致官，亭闲相付前。

阅牍延伸

一、两千年前的官员任命书

东汉建武五年（29年）八月，汉代张掖郡居延边塞的甲渠候官进行了人事调整，对官吏进行了任免。一个是甲渠候官尉史郑骏升迁，由五十岁的梁普补缺；另一个是甲渠候官斗食令史孙良升迁，由五十七岁的原宜谷亭长孙况代任，其中提到孙况做人低调、行事严谨。这次人事调整是由居延县负责的。

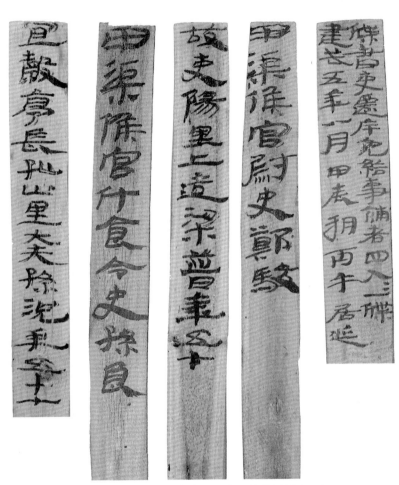

图 2-4　居延令移甲渠吏迁补牒局部（一）

第二章
任免升迁

013

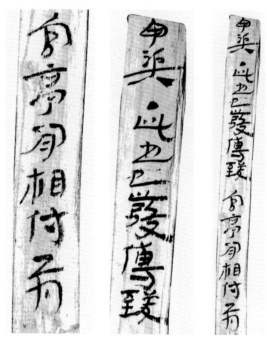

图2-5 居延令移甲渠吏迁补牒局部（二）

　　为什么居延县草拟的任免文件会出现在甲渠候官？据现有资料可知，居延县让甲渠候官草拟任免文件，于是甲渠候官的文书员掾党和令史循二人共同拟写了文件并将文件送至居延县，居延县令在文件背面做出批示，说明送来的密件已开封阅毕，并将此文件送到这四名官吏的所在单位候官和亭部，请当事人现场阅读确认。然而，不知何故这份未经居延县令亲笔签署的任命文书会遗落在甲渠候官的房子里。

二、牒书

牒，书信的一种，亦为文书之通称。《说文解字》："牒，札也。"《左传·昭公廿五年》："右师不敢对，受牒而退。"又称牒书，如《汉书·薛宣传》："宣察湛有改节敬宣之效，乃手自牒书，条其奸臧。"而这份官吏任免文书中涉及郑骏、梁普、孙良、孙况四人，简文中说的"四人，人一牒"，即一人一牒，绝不混淆。这四人在就职前还会由官府正式给每人下发一份赴任报到证，上面详写该人的名县爵里年姓物色，以及报到时间等信息，书写有报到时间的简牒，应放置在一个密封的信件里。如果未能在规定时间内（精确到分）到单位报到，就会受到严厉的处罚。

三、任免文书如何登记个人信息

汉承秦制，实行二十等爵制，在汉代社会的基层管理体系中，实行乡里制度。出土的西北汉简，偶见都乡的名称，很少有东西南北诸乡名称，但是却有数量甚多的里名出现。此类里名，少数或与燧名一致，多数则用吉语命名。汉简中有大量的对某人名、县、爵、里的完整书写与记录，这样的记录模式，是汉代社会基层管理文书书写的常态。

这几枚木简记载的内容，是居延令、丞联合下发的关于甲渠候官尉史和斗食令史迁补任免的草拟任免文书。因为原职务各有一人迁走而形成了空缺，故任命两位新吏员补上。这两位新任职的吏员，个人信息都只书写了姓名、里居及爵位，而没有书写县名，或是二人籍贯同属居延县而有意略写了。

两千年前的人事调动

图 2-6　建武五年四月吏调守书

文物简介

1974 年出土于甲渠候官第 22 号房址内。共木简 8 枚（出土编号：EPF22：250-257）。每简长 22.5 ~ 23 厘米，宽 1.3 厘米。前 4 简为一份文件，后 4 简为另一份文件，两份文件涉及同一个人。内容主要是隧长、士吏、候长的人事调动。两份文件是同一天发出的。隧长李孝从隧长调任守士吏、再调任守候长也是同一天任命的。该简册对研究边塞基层官吏的任命权限和调任程序有一定的价值。现藏甘肃简牍博物馆。

简牍释文

建武五年四月丙午朔癸酉，甲渠守候谓：弟十四隧长孝，书到，听书从事，如律令，掾谭。第十四隧长李孝，今调守第十守士吏。第十士吏冯匡，斥免缺。建武五年四月丙午朔癸酉，甲渠守候谓：第十守士吏孝，书到，听书从事，如律令，掾谭。第十守士吏李孝，今调守万岁候长，有代罢，万岁候长何宪，守卅井塞尉。

简文大意

建武五年（29 年）四月癸酉当天，第十四隧长李孝接到甲渠候官命令，由于原第十士吏冯匡免职缺员，故让其代理第十士吏，随即又发命令给代理第十士吏的李孝，调他去万岁部代理候长一职，而原万岁候长何宪调卅井塞任代理塞尉一职。

士吏是什么官

《史记·李将军列传》记载，程不识带兵，"士吏治军簿至明，军不得休息"，后文对比李广治军，记述其"士卒佚乐"，士吏一词指的是高于普通士卒的军中吏员。《儒林传》中讲"公卿大夫士吏"，此处的士吏又是不同于公卿大夫的某一类人的泛指，其或许是位在一般大夫以下的普通士人吏员。《周亚夫传》记述汉文帝去细柳营劳军，有"军士吏"和"壁门士吏"等职，而《汉书·王莽传》保留的王莽制书，其中有"士吏四十五万人"的记载，该处所说士吏当又确指军中官职。前人研究士吏，认为其是主兵之官，多设置在军中。

据陈梦家研究，在居延地区的各级属吏中，候官之下负责文书签署的高级属官即为士吏。居延汉简中有"候长、士吏、烽隧长"的记载，推测士吏位在候长之下、隧长之上，然而亦有"士吏、候长、候史"记载，所以候长与士吏或为同级别的吏员。而居延汉简中不乏有"候官士吏"与"尉士吏"的记载，说明士吏之官职并不唯一，可以由任职机构和秩级差别来区分。居延汉简记载的西汉成帝河平二年（前27年），士吏俸钱为1 200钱，秩级当为比二百石，与候长相同，然而居延新简中亦有"有秩士吏""百石士吏"的记载，低于比二百石，这里或许强调了一种与通行秩级的不同，士吏秩级的高低很可能与其任职的机构层级有关。

第三章

民风习俗

修治社稷

1974年出土于居延甲渠候官遗址。木质简牍4枚（出土编号：EPF22：153-156）。均长23厘米，宽1～1.2厘米。两道编绳，出土时编绳无存，简散乱，现简册据文书格式和简文内容编排而成。册书内容为东汉建武五年八月戊申（29年9月3日）由居延都尉府下发到居延甲渠候官关于做好秋祠社稷活动要求的通告。现藏甘肃简牍博物馆。

简牍释文

建武五年八月甲辰朔戊申，张掖居延城司马武以近秩次行都尉文书事，以居延仓长印封，丞邯告劝农掾褒、史尚，谓官县以令秋祠社稷。今择吉日如牒，书到，令丞循行，谨修治社稷，令鲜明。令丞以下当侍祠者斋戒，务以谨敬鲜絜约省为故。褒、尚考察不以为意者辄言，如律令。八月廿四日丁卯斋。八月廿六日己巳直成，可祠社稷。

图 3-1　建武五年秋祠社稷令

该文书是建武五年八月戊申（29 年 9 月 3 日）由张掖郡居延县都尉府下发的。因为张掖居延都尉府的居延城司马武（人名）秩次与都尉接近，故可代行都尉行事。因此武与丞邯一起拟发了一份通知文书，所盖章为"居延仓长印"。

通知要求劝农掾褒（人名）和劝农史尚（人名）务必做好秋祠社稷的巡行检查。具体要求是：务必认真整饬社稷之所，色彩要明亮耀眼；参加祠祭的人员要提前沐浴更衣斋戒三天；务必态度谨敬、着装洁净、节俭省用。褒、尚二人在巡查过程中，一经发现未按通知要求开展工作、敷衍塞责的人员，即刻上报都尉府，一切依法处理。

通知还要求，所有参加祭祀仪式的相关人员需从八月二十四日开始斋戒，八月二十六日正好是建除十二神的"成"神（看来此神与五谷收成有关）值日，正是祭祀社神和谷神的黄道吉日。

图 3-2　敦煌悬泉置出土的汉代谷物

民风习俗
第三章

阅牍延伸

一、居延边塞举行的社稷

社稷指土地神和谷神，西汉时期从朝廷到地方县乡每年春秋二季都要举行祭祀土地神和谷神的仪式，以祈求国事平安、五谷丰收。土地和农作物是以农为本的古代中国最重要的生存要素，历来受到人们的重视。土地神和谷神作为福佑一社百姓的保护神，更是受到民众的普遍信仰和虔诚祭祀。居延虽然处于西汉国土的西北边境，但汉王朝在那里修筑塞垣、设郡立县、移民实边，利用弱水（今之黑河流域）充沛的水源大力垦荒屯田，积极发展农业生产，为居延边防提供了稳定而充足的粮食保障。所以在居延边塞举行祭祀社稷活动既是祈求边境安宁，更是为了祈求风调雨顺，五谷丰登。

图3-3　居延弱水（左为肩水金关遗址）

二、修治社稷，令鲜明

因为历经两千年的风吹沙刮，当年在弱水河畔坚固的甲渠候官处修筑的社稷之坛早已荡然无存，难觅一丝踪迹。我们这里仅能做一些合理的想象和推测，古人尚"天圆地方"，社为土地神，边塞的社坛或当为方形，所谓"修治社稷，令鲜明"应该是要求吏卒们整饬社坛，进行修缮，令其色彩鲜亮，以示庄重。

图3-4　居延甲渠候官遗址

三、社钱的来源与用途

居延边塞每年都在春季和秋季举行两次社稷，举行社祭所需的钱，也就是"社钱"，边塞举行社祭，吏卒均需出钱和粮物，如果没有，则需从官府借贷，据汉简记载，有一次三月春社稷某

图3-5　居延烽燧遗址

部共收 6 000 多钱，其中候长们交了两千四百余枚，小吏们交了 2 800 余枚钱，还有上交的鸡等小畜值 900 钱。除了出钱，甚至还要掏钱买葱交社。

吏卒所交的社钱诸物除作祭祀供品外，其他的大概就是用于参加社祭的人群享用了。《汉书·陈平传》："里中社，平为宰，分肉甚均。里父老曰：'善，陈孺子之为宰！'平曰：'嗟乎，使平得宰天下，亦如此肉矣！'"里中社祭时，陈平为宰，负责分肉给参加社祭之人，由于分肉公平，得到大家的称赞。此外，官府也借此对聚集的民众进行教策宣传，要求大家背诵"爱书""约束""令"等各项规章制度，使之熟记于心。

社祭祝祷辞

文物简介

1974年出土于居延甲渠候官第22号房址内。共木简6枚（出土编号：EPF22：830-832、544、835-836、866），均有残断。文意不连贯，应当还有缺简。这六枚汉简，书体相同，内容相近，推测此6简当属同一简册。简文内容为甲渠候官社祭时的祝祷辞。"社祭祝祷辞"简文为深入探究居延边塞社祭的形式、性质、祭品、程序、祝辞和参与人员等提供了新的材料，对研究汉代边塞的社会风俗也具有一定的价值。现藏甘肃简牍博物馆。

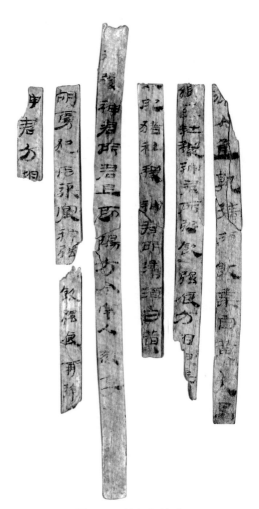

图 3-6　社祭祝祷辞

乡，今进孰清酒、饭黍白黄，人禹乡，至社稷神君所，强饮强食，方相，甲渠□肥猪，社稷神君所，清酒、白黄□社稷神君所，君且所阳，方令宰人杀，享胡虏犯甲渠塞，神强饮强食，再拜神君、方相……

阅读延伸

一、清酒与酒曲

古代的清酒是用曲进行发酵酿制而成的糯米酒。汉时制曲的原料有"小麦"和"粟"，酿制清酒的原材料主要是糯性黍。黍即糜子，碾去皮后称黍米，今俗称黄米，为黄色小圆颗粒。黍的籽粒有粳性与糯性之分。粳性黍为非糯质，不黏，一般供食用。糯性黍为糯质，性黏，磨米去皮后称作大黄米或软黄米，用途广泛，可磨面做糕点，古代广泛用于酿酒。

第三章 民风习俗

图 3-7 现代酒曲

先秦两汉时期文献中记载的酒属于粮食发酵酒，它是以糖化发酵剂——蘗、曲来酿成的。蘗，即发芽的谷物，古人把以蘗为发酵剂酿成的酒称为"醴"；曲，为谷物霉变而制成，古人把以曲酿成的酒才称之为"酒"。如《尚书·商书·说命》："若作酒醴，尔惟曲蘗。"正是从酿造所用糖化发酵剂曲、蘗的不同而分为酒、醴。

　　先秦时期，醴和酒均用于祭祀，其主要区别在于醴是专供神灵享用，而清酒则是祭祀仪式完成后供参与者饮用。

图 3-8　东汉酿酒画像砖拓片

二、方相氏

方相氏是周代的官职，由武夫担任，职掌驱逐鬼疫和川泽精怪。《周礼·夏官》记载："方相氏狂夫四人。""方相氏掌蒙熊皮，黄金四目，玄衣朱裳，执戈扬盾，帅百隶而时难，以索室驱疫。大丧，先柩；及墓，入圹，以戈击四隅，驱方良。"据此记载可知，方相氏具有十分独特的外形：蒙以熊皮，金色四眼，穿着红黑衣裳。方相氏的职能是"索室驱疫"和"大丧驱方良"，即以逐疫驱鬼为目的。"时难"即"时傩"，按时节举行傩仪。按《礼记·月令》载，每年在季春、仲秋和季冬之月举行傩仪，方相氏仅在季冬傩仪中出现。由居延新简记载可知，两汉时方相氏亦出现在社祭仪式上。

图 3-9　方相氏（一）

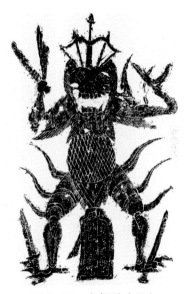

图 3-10　方相氏（二）

两千年前的腊八节

图 3-11　甲渠候官隧长取十二月腊钱簿（一）

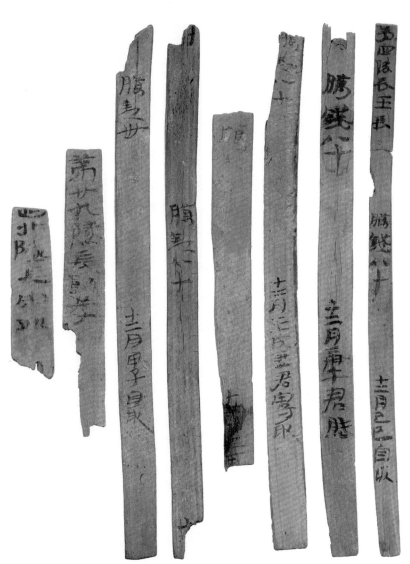

图 3-11　甲渠候官隧长取十二月腾钱簿（二）

1974 年出土于居延甲渠候官遗址。木简 16 枚（出土编号：EPF22：205-220），其中完整简均长 22 厘米，宽 1.1 厘米。内容主要是东汉初年甲渠候官发放腊钱的详细记录。现藏甘肃简牍博物馆。

简牍释文

钱百廿。十二月庚申妇母佳君取。不侵隧长石墅，赙钱八十，十二月壬戌妻君宁取。吞北隧长吕成，赙钱八十，十二月壬戌母与取。第十一隧长陈当，赙钱八十，十二月乙丑妻君闲取。第卅二隧长徐况，赙钱八十，十二月壬戌妻君真取。俱南队长左隆，赙钱八十，十二月己巳。止北隧长窦永，赙钱八十，十二月辛酉妻君佳取。第九隧长单宫，赙钱，十二月辛酉母君程取。第四隧长王长，赙钱八十，十二月己巳自取。赙钱八十，十二月庚午君赋。赙钱八十，十二月壬戌妻君曼取。赙钱八十，十二月辛酉。□赙钱八十，十二。赙钱卅，十二月甲子自取。第廿九隧长郑孝。止北隧长宋并。

阅读延伸

腊祭与腊八

腊祭，也称作"赙祭"，源于先秦时期以猎取的禽兽祭祀先祖和众神。秦汉时期以冬至后第三个戌日举行赙祭。

《后汉书》记载，东汉时从郎官至公卿王侯，朝廷皆要赙赐，如大将军、三公各赐钱二十万、牛肉二百斤、粳米二百斛，虎贲、羽林郎三千钱。从上述简文可知，汉代居延边塞每年十二月第三个戌日亦举行赙祭。

赙祭之日官府发给每名隧长赙钱八十。领取人多是隧长的母亲或妻子。除了分发赙钱，居延边塞也分发赙肉，上至秩次较高的候、候长，下至最基层的燧长和普通戍卒，甚至徙边罪徒也可以领取膰肉。在讲究尊卑等级的汉代，庶民一年到头除了豆豉酱拌饭，几乎无肉可食，更不要说罪犯了。远离中原的河西边塞不论尊卑贵贱，大家皆有一份膰钱和膰肉可领。由此可见在汉代社会，膰祭是一个祭百神、祈福万民的重要仪式。

今天，农历十二月称"腊月"，即源于秦汉时期的膰祭；"腊八"节的习俗据说也和膰祭有着古老的渊源。岁月变迁，腊祭和腊八节的古老习俗随时代在不断变换，但古往今来人们祈福与感恩的心从不曾改变。

婚嫁的花费标准

1974年出土于甲渠候官遗址第22号房址内。共木牍3枚（出土编号：EPF22：44、45、690），长22.8～22.9厘米，宽1.6～1.9厘米，两行书写，共98字。第2牍背面有"掾谭"的书吏签署。第1牍是检署，第2牍是转述的诏书内容，第3牍是上报内容。主要是禁止奢靡，婚嫁不得过制，否则财物奴婢由官员没收的四时上报书。编号不连接，整理时根据内容复原。该文书虽为窦融统治河西时期的四时簿，但转述内容是诏书而非大将军幕府书。这为研究东汉初年河西地区的婚丧习俗及窦融与朝廷的关系提供了实物资料。现藏甘肃简牍博物馆。

简 牍 释 文

·甲渠言：部吏毋嫁娶过令者。建武四年五月辛巳朔戊子，甲渠塞尉放行候事，敢言之。诏书曰：吏三百石，庶民嫁娶毋过万五千，关内侯以下至宗室及列侯子娉娶各如令，犯者没入所赍奴婢财物县官，有无，四时言。·谨案，部吏毋嫁娶过令者，敢言之。

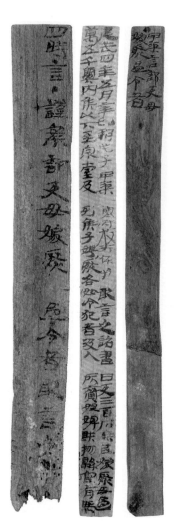

图3-12　建武四年甲渠言部吏毋嫁娶过令者书

毋嫁娶过令

婚姻嫁娶在汉代人的日常生活中十分重要，汉代人用于婚嫁方面的支出也是相当的惊人。两汉时期，聘妻送女毫无节制，奢靡成俗。主要表现在三个方面：一是重聘财之风盛行；二是陪嫁奢纵无度；三是婚宴耗费巨大。据史书记载，西汉时期，士庶"遣女满车"，蜀地大族甚至"归女有百辆之徒车"。《汉书·司马相如传》载，蜀地巨富卓王孙嫁女卓文君时，随嫁便有"僮百人，钱百万，及其嫁时衣被财物"等。平常人家，为了摆设像样的婚宴，往往是"一飨之所费，破终身之本业"。《汉书·地理志》记载，秦地"嫁娶尤崇侈靡"，太原、上党地区"嫁娶送死奢靡"，卫地嫁娶花费"过度"，蜀地婚姻则"倾家竭产"。

由于嫁娶奢侈无度，嫁娶之后，往往"富者空减""贫者称贷"。这种重聘金、嫁妆和酒宴花费的风气是一种过度消费，给社会各阶层，尤其是占人口大多数的中下层人民的生活造成了极大的危害。久而久之，会激化社会矛盾，影响安定的社会秩序和正常的人民生活。

针对当时婚丧嫁娶中的奢靡现象，朝廷多次以诏令形式进行制止。据《汉书·宣帝纪》记载，汉宣帝时就有郡守针对嫁娶中的极度铺张浪费而发布"禁民嫁娶不得具酒食相贺诏"的禁令。《汉书·召信臣传》载，南阳太守召信臣亦"禁止嫁娶送终奢靡"，大力提倡俭约婚嫁，明禁挥霍铺张的陋俗。《汉书·平帝纪》中记录了汉平帝元始三年（3年），王莽曾制定过"吏民嫁娶之品"，"夏，安汉公奏车服制度，吏民养生、送终、嫁娶、奴婢、田宅、器械之品"。

"建武四年甲渠言部吏毋嫁娶过令者书"转述诏书内容，按照官员品级的不同，详细规定了办理婚嫁花费的上限标准，并制定了违令处罚办法。该法令对遏制当时的奢侈陋习，对两汉之交河西地区民风转变、经济恢复、农业生产发展具有一定积极作用。

图 3-13　包山楚墓出土战国亲迎图

图 3-14　徐州汉兵马俑博物馆亲迎图画像砖

河西边塞的社祭

文物简介

　　1973 年出土于肩水金关遗址。木牍 1 枚（出土编号：为 73EJT28：67），长 21 厘米，宽 2.1 厘米，厚 0.3 厘米。字迹较为清晰，下端残断。此简是候长俸钱的支出记录。现藏甘肃简牍博物馆。

简牍释文

　　候长奉千二百　出廿四□　就　出卅七　橄
出卅四社
□百廿革　　　余九百七十五□

阅牍延伸

　　在肩水金关汉简中，有些简文专门将择日类的禁忌记录于相应的日期后，有时候还会在相关日期后备注上社祭。如下面的肩水金关汉简记载：
　　□德在术刑在庭日加卯□加午下弦□
　　二月大丁巳朔重春分戊午可食社稷己未血忌
　　□酉小时在辰……
　　由此简记载看，这里的社祭应该是在春季举行的。除记载有社祭外，简中还记载有刑德、血忌等择日禁忌。中原内地的择日禁忌日书在河西

图 3-15　候长
俸钱支出薄

035

边塞颇为流行，这与当时的时代背景和社会风气密不可分。西汉后期，随着中原内郡移民到河西的人员不断增加，中原的一些禁忌观念也随之在河西地区流布扩散。择日禁忌在河西的流布还有一个更为重要的因素：历日中的各种择日禁忌是由国家统治阶层掌控，中央朝廷设有专门的机构专职人员从事这项工作，每年颁历日正朔时，在历日上会详注择日禁忌条目，并由地方官员向乡里中的胥吏和百姓进行倡导。日书中神煞众多，择日原理复杂，这对目不识丁的老百姓来说，要他们掌握这些择日的算法并不现实。对于老百姓而言，他们只需要知道某日需要禁忌什么，宜于做某事即可，而这需要县及乡基层的吏员及时通告百姓。在河西汉简中遗存下来的众多日书简文，并不是普通的屯戍吏卒日常习字或抄录的，而是由基层具有文化书写水平的文职人员抄写而成。可以这么说，除国家的行政法令外，通过在历日中具列神煞和宜忌等条目，也是官府管理民众日常生活生产和精神世界的一个重要途径。

社是土地神，社祭与农业生产关系紧密，其祭社神的主要目的是祈求风调雨顺，来年有好的收成。古代社祭有着久远的历史，早在商代的甲骨辞中就已经有关于社祭的记载。西周时期则有邑、里社祭之分。汉代社祭得到进一步的发展，朝廷、郡国、县、乡各级政府皆有社祭活动，地方基层里也组织有民间社祭活动。在汉代河西边塞屯戍地区，社祭也是一项重要的祭祀活动，这在河西汉简中有不少记载。

☐尉史章再拜言当膡门户及社☐☐☐泉毋以辨膡谨☐

从汉简记载来看，"社祭"也是边塞驻屯地区最重要的祭祀活动之一。汉边塞之所以把社祭作为一种重要的祭祀活动，主要的原因在于祈求屯田能够取得很好的收成。随着西汉政治力量在居延边区的进一步巩固和加强，中央的政治思想和统治措施得以在边塞实施。西汉是以农为本的社会，而社祭仪式是对农业在社会中的基础性地位的认定，居延边塞有大型的屯田等农业生产活动，故在居延边塞有社祭是自然之事。居延边塞的社祭活动每年都有郡县负责，官员专门发文，具体安排社祭活动。

不同级别的社祭有不同的祭品，如《续汉书·祭祀下》载太社之祠用太牢，郡县用羊豕。地湾汉简对社祭的供具有所记载，如从简"对祠具：鸡一，黍米一斗，稷米一斗，酒二斗，盐少半升"可知，肩水候官举行社祭时是以鸡、黍米、稷米、酒、盐等物为供物。居延汉简中还有不少其他障燧出土的有关居延边塞举行社祭活动的祷辞、祠令、通告、举办方式等简文记载，这些简文正可与地湾汉简记载互为补充，说明在当时包括肩水候官在内都要定期举行社祭活动。

第四章

禁止之事

禁役使秦胡卢水士民书

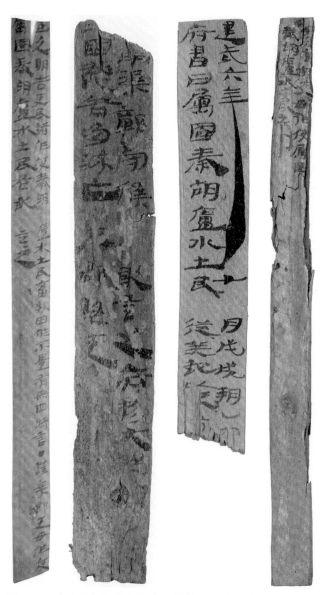

图4-1 建武六年甲渠言部吏毋作使属国秦胡卢水士民者书

文物简介

1974 年出土于甲渠候官遗址第 22 号房址内。木牍 4 枚（出土编号：EPF22：696、42、322、43），长 22.7 ~ 23.5 厘米，宽 2 厘米。原册已散乱，编号不连接，第 2 牍断为两截。现存木牍是根据木牍形制、文字笔画和上下文关系联缀复原的。其内容第 1 简为文件标题，第 2 简为复述大将军府的来文，第 3 简为上报内容。全文 116 字。该册文书的出土，为研究窦融统治河西时期的民族政策、民族关系提供了第一手资料。现藏甘肃简牍博物馆。

简牍释文

·甲渠言：部吏毋作使属国秦胡卢水士民者。建武六年七月戊戌朔乙卯，府书曰：属国秦胡卢水士民，从兵起以来，甲渠鄣守候敢言之。府移大将军莫□困愁苦，多流亡在郡县，吏以……匿之。明告吏民，诸作使秦胡卢水士民畜牧田作不遣，有无，四时言。·谨案：部吏毋作使属国秦胡卢水士民者。敢言之。

简文大意

建武六年七月乙卯这天，甲渠鄣代理候报告，之前接到居延都尉府移发过来的大将军幕府书，府书说张掖属国秦胡卢水士民，自从战事起来以后，困顿愁苦，多数流亡到各郡县，官吏以……藏匿。现在明确告知吏民，如果有役使秦胡卢水士民放牧种田的行为需即刻停止，遣返士民，请各级查明有无，四时回报。接到府书的甲渠候官进行了自查，并回报都尉府，未发现有甲渠部吏员私自役使秦胡卢水士民的情况发生。

一、属国

《秦汉官制史稿》记载，从武帝开始，对于降附或内属的少数民族，均设置属国来管理。但是"属国"这一机构在秦统一六国前即已存在，出土的秦兵器铭文有"属邦"的记录。汉承秦制，为避汉高祖刘邦讳，改"属邦"为"属国"，这与汉改秦"相邦"为"相国"的道理一致，可知同属国称谓类似的机构很早就出现了。

《汉书·百官公卿表》："典属国，秦官，掌蛮夷降者。武帝元狩三年，昆邪王降，复增属国，置都尉、丞、候、千人。"武帝时增设的"属国"，是专门管理降汉少数民族的一个机构，在属国设置都尉，即为属国都尉。结合本简来看，简文中的属国指张掖属国。

二、秦胡卢水

关于秦胡卢水的含义，学界至今还没有定论，争议较多。一种观点认为"属国秦胡"是张掖属国都尉管辖下，世居卢水、从事畜牧业的与汉民族融合的胡人，其中以整合程度最高的匈奴族为主体，并融合有小月氏、羌人等民族，从而形成新的杂胡部族——卢水胡。而"卢水土民"则是世居弱水（今黑河）沿岸各郡县从事农业生产之汉人。他们不仅隶属关系、经济生产、社会生活各异，而且存在民族差别，因此是不应混淆的。

有学者认为秦胡有两种解释。第一种认为秦和胡是一种概略的称谓，秦指汉人，胡指胡人，即汉族以外的诸民族；第二种认为秦胡是秦时之胡或已汉化之胡，卢水指居住在张掖卢水（黑河中上游）一带的诸民族。或是秦时诸胡之一，因受汉属国节制，称秦胡，后来才以地域命名称作卢水胡。总之"秦胡卢水"所指目前尚不能准确界定。

禁盗墓中衣

1974 年出土于甲渠候官遗址第 22 号房址内。木牍 3 枚（出土编号：EPF22：37 - 39），长 22.8 ~ 23.3 厘米，宽 1.8 ~ 2 厘米，共 157 字。内容是甲渠鄣候向大将军幕府每季度按一定要求上报的文件底稿存档。第 1 枚为文件标题，第 2 枚是对大将军幕府来文的转述，第 3 枚是报告内容。其时，窦融领河西五郡大将军，禁止河西兵民铸私钱、盗墓和吏卒私卖衣物，而且要求每季度将情况报告一次。该简册文书的出土，对研究东汉初年窦融统治下的河西社会政治、经济等有一定的价值。现藏甘肃简牍博物馆。

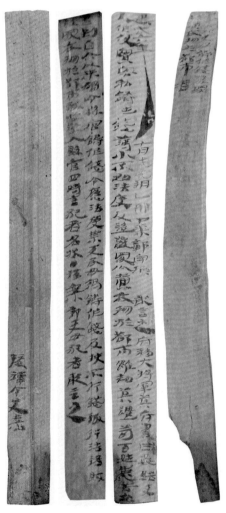

图 4-2 建武六年甲渠言部吏册铸作钱发冢贩卖衣物于都市者书

·甲渠言：部吏毋铸作钱、发冢贩卖衣物于都市者。建武六年七月戊戌朔乙卯，甲渠部守候敢言之。府移大将军莫府书，曰：奸黠吏民，作使宾客私铸作钱，薄小，不如法度，及盗发冢公卖衣物于都市，虽知莫谴苛，百姓患苦之。书到。自今以来，独令县官铸作钱，令应法度，禁吏民毋得铸作钱，及挟不行钱，辄行法；诸贩卖发冢衣物于都市，辄收没入县官。四时言犯者名状。·谨案：部吏毋犯者，敢言之。掾谭、令史嘉。

建武六年七月乙卯（30年9月4日），甲渠部的代理候作书上报张掖居延都尉府，甲渠部前接到都尉府移送的窦融大将军幕府书，书中说不法吏民指使门下宾客私自铸钱，钱币不合法度规制，还偷盗墓冢，将墓中所得衣服公开售卖于市面上，基层官吏睁一只眼闭一只眼，包庇罪行，不谴责苛治，百姓多受其苦。今做出规定，自本书下发到基层之日起，只允许县官铸作钱币，以符合规制，切禁普通吏民铸钱和携带使用不行用的钱币。如果有人依然不守法行事，便对其进行执法管制；贩卖墓中衣物的，官府应当即没收所得钱财及衣物。书中还要求基层地方四时上报犯法人的姓名、外貌等具体信息。

接到都尉府移送的大将军幕府书，甲渠部当即做了自查，并未发现有犯法的属吏，然后按照规定作书上报居延都尉府，表明部中查无犯法属吏，这三枚简即是作书上报的文件底稿存档。

大将军幕府书

建武六年（30年），陇右天水尚控制在隗嚣手中，河西地区则在窦融的控制下。前一年窦融遣使入汉，与光武帝刘秀联合，在此后一段时间内，河西地区仍由窦融管辖治理，窦融当时的官衔为领河西五郡大将军、张掖属国都尉，这封简册向我们呈现了窦融治理河西时期具体事务的执行过程。

在一个具体法令的执行过程中，我们看到了河西地方的最高行政机构对下发布命令，并明确了命令下达的基层行政单位。其后通过层层移送，再由基层机构具体执行，以上行文书向上级管理机构报送，最终将地方情况汇总报送至大将军府。这一执行步骤体现了清晰的行政过程，就是汉代社会以文书行政、进行社会管理的一个缩影。

毋私铸钱

1974 年出土于居延甲渠候官遗址。木牍 2 枚（出土编号：EPF22：40-41），长 23 厘米，宽 1.75 厘米。简文为东汉初年窦融统治河西时禁止民间盗铸私钱的报告。二简字体相同，内容相关，属同一简册。该简册亦属于应书（即答复上级的公文），仅存标题简和执行汇报两部分，阙转抄府下文书内容。此简册对于研究东汉初期河西地区的社会局势和经济状况有一定参考价值。现藏甘肃简牍博物馆。

简 牍 释 文

甲渠言部吏毋铸作钱者。不如旧时行钱法渡，自政法罚，令长吏知之，及铸钱所依长吏豪强者名，有无，四时言。·谨案，部吏毋铸作钱者，敢言之。

图 4-3　甲渠言部吏毋铸作钱者书

046

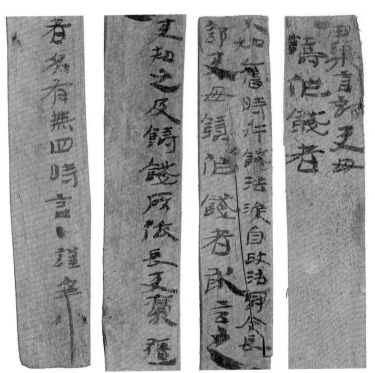

图 4-4　甲渠言部吏毋铸作钱者书局部

两汉时期私铸钱币现象

汉朝初年，高祖认为秦"半两"钱过重而难以行用，于是令民间改铸"荚钱"，其规格大小颇类榆荚。文帝时期，由于民间钱币滥发又质地轻薄，遂重新铸行四铢钱，同时废除了民间的盗铸钱令，允许民间私铸。贾谊上书谏止文帝，认为此举会导致"法钱不立，钱文大乱"，而民间趋利铸钱，皆去采铜，间接造成土地抛荒，引发粮食危机，威胁汉帝国统治。如吴王刘濞即借此私铸钱币积聚了大量钱财，富可敌国，为叛乱做了准备。

汉武帝即位后，由于四处征伐，府库虚耗，度用不足，便通过一系列手段从民间征敛财产，他任用东郭咸阳、孔仅、桑弘羊等，实行盐铁专营。武帝曾短暂铸造三株钱，元狩五年（前118年），罢半两，令郡国铸五铢钱，然而郡国铸钱多轻，民间又多有私铸，触犯律法者众多，于是汉武帝将郡国铸造钱币的权力收回，专令上林三官铸造，并颁令天下，非上林三官钱不可行用，各诸侯国所造钱币悉数销毁，将铜输往上林三官处。此后民间私铸钱币渐少。汉武帝所行盐铁专营政策，为汉王朝提供了大量财富，但也给民间带来了巨大的负担。终西汉之世，基本沿用官铸政策，私铸钱币仍属犯法。

　　王莽时期，币制混乱，数次改易，而民间私铸不绝，触刑犯禁者众多，王莽不得不为此减轻刑罚，却依然严酷，史载"愁苦死者什六七"。东汉光武帝即位，荡涤繁苛，与民更始。建武五年（29年），掌管河西五郡地方的大将军窦融遣使贡献于东汉中央，接受东汉帝国管辖。窦融祖上累世官于河西，两汉之际，天下大乱，窦融归于河西，保境安民。史载窦融在河西，"政亦宽和，上下相亲，晏然富殖"。这枚出土于居延甲渠候官的汉简当写于建武六年（30年）前后，甲渠候官应上级政令，要求认真检查部吏中有无地方长吏豪强私自铸钱的行为，并如实上报。为此甲渠候官给上级部门作了本部吏无私铸钱的覆文。

禁屠杀马牛

文物简介

　　1974年出土于甲渠候官遗址第22号房址内。木牍1枚（出土编号：EPF22：47），长22.8厘米，宽约1.8厘米。正反两面书写，存55字。背面只是书吏"掾谭"的签署。内容为四时簿的上报底稿，根据内容和文例，文书标题应为"甲渠言部吏毋屠杀马牛者"，当在另一简，惜已不存。该文书的出土，对研究东汉初年窦融统治河西时期对畜牧业采取的保护发展政策有一定的参考价值。现藏甘肃简牍博物馆。

简牍释文

　　建武四年五月辛巳朔戊子，甲渠塞尉放行候事，敢言之：府移使者□所诏书，曰，毋得屠杀马牛，有无，四时言。·谨案：部吏毋屠杀马牛者，敢言之。

图 4-5　甲渠言部吏毋屠
杀牛马者书

为什么不能杀马牛

牛是古代农业生产和军事运输中的主要畜力,战马是重要的军事物资,因此中央王朝一般禁止屠杀牛马。汉朝初建,接秦末战乱,社会生产凋敝,百废待兴。《史记》记载汉初窘困,"天子不能俱钧驷,而将相或乘牛车"。经过文帝、景帝休养生息,社会经济复苏,到汉武帝时期,财力充裕,武帝为攻击匈奴,大量养马,进行战略储备。武帝后期,赵过任搜粟都尉,推行代田法和耦耕之法,二牛三人进行耕作。史书记载,"民或苦少牛",可知当时整个社会牛的数量不足。

《风俗通义》载,"律不得屠杀少齿",汉人称牛马年龄为"齿",说牲畜少齿,不得屠杀。牛是农业生产的重要工具,生民赖以生存的重要物资,所以高诱注《淮南子》说"王法禁杀牛,民犯禁杀之者诛"。可知当时对屠杀牛马者治罪甚严。《盐铁论》记载"故盗马者死,盗牛者加,所以重本而绝轻疾之资也",许多的记载均表明在古代农业社会中,作为重要生产及战略物资的马和牛的重要性。

简中引诏书"毋得屠杀马牛",说明当时不许屠杀马牛的政策由最高统治者发布,直接反映了东汉初期对畜力的重视。不得屠杀马牛的禁令属于四时禁的一项重要内容,需要一年四时不断上报。

第五章

乘塞守边

武器配备

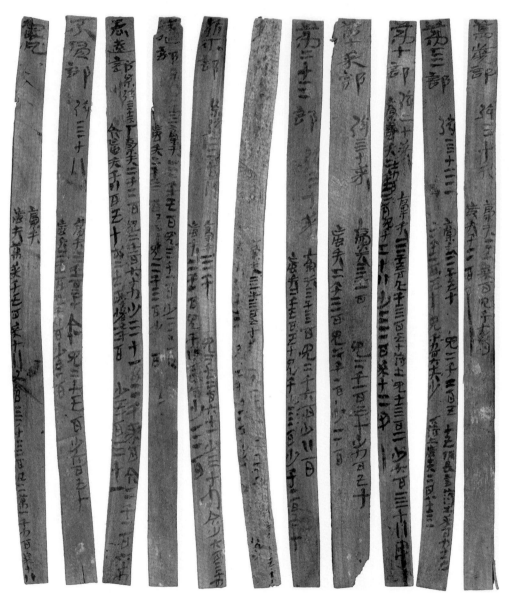

图 5-1　新莽甲渠候官诸部兵簿

文物简介

1974年出土于居延甲渠候官遗址。木简11枚（出土编号：EPF22：175-185），均长22.3厘米，宽1.3厘米。简文是王莽时期甲渠候官所属各部弓弦及箭镞配备情况的记录。该册书完整地记载了新莽时期甲渠候官所辖各部的名称和数量，以及各部的弓弦、箭镞兵器配备情况。该册书为研究汉代居延边塞军事防御体系和规模提供了第一手资料。现藏甘肃简牍博物馆。

简牍释文

万岁部：弦三十枚，稾矢二千桼百，见千九百，虆矢千二百𠂤；第三部：弦三十三，稾矢三千五十，见二千二百五十五，候长言簿出桼百九十五，虆矢二千二百五十，见千九百六十六少，今簿出虆矢二百八十三；第十部：弦二十桼，稾矢三千五百，见千三百五十，簿出见千三百二，少六百三十八甲，稾虆矢二千三百，出九百，见千二十八，少三百桼十二甲；第十桼部：弦三十桼，稾矢三千一百，见二千一百五十，少九百五十，虆矢二千三百，见二千一百，少二百；第二十三部：弦三十桼，稾矢三千三百，见二千六百，少八百，虆矢二千五百五十，见千三百少，千一百五十；鉼庭部：弦六十九，稾矢三千三百五十，见三千三百□□□□□□□□五十，虆矢二千三百，见二千二百，今少百；推木部：糸弦三十六，稾矢三千，见二千五百六十一，少三十九，今少六百三十九，虆矢二千一百，见千八百，今少三百；诚北部：糸弦五十三，稾矢三千五百，见三千一百，少三百，虆矢二千三百五百五十，见二千三百，少□百□；吞远部：糸弦三十三，稾矢二千二百，见二千一百六十九，少三十一，故二千桼百，今二千一百六十九，今虆矢千八百五十，故二千一百，少三百少五百三十一，今千八百五十；不侵部：弦三十八，稾矢三千一百五十，今见二千五百，少六百五十〇虆矢二千一百，见千八百，少三百；•最凡稾矢，虽矢万枲千五百枲十八，又□三千三百，凡二万一千九百枲十八。

一、甲渠候官部隧

新莽时期甲渠候官所管辖的部共有十个，居延甲渠塞的防线分河北道和河南道。根据塞防线走向，河北道上塞自南而北为万岁部、第四部、第十部、第十枲部、第二十三部、鉼庭部；河南道上塞则分别为推木部、诚北部、吞远部、不侵部。

万岁部辖有万岁隧、却适隧、临之隧、第一隧、第二隧、第三隧等六隧。

第四部辖有第四隧、第五隧、第六隧、第七隧、第八隧、临桐隧、第九隧等七隧。

第十部辖有第十隧、第十一隧、第十二隧、第十三隧、第十四隧、第十五隧、第十六隧等七隧。

第十枲部辖有第十七隧、第十八隧、第十九隧、第廿隧、第廿一隧、某实名隧、第廿二隧等七隧。

第二十三部辖有第廿三隧、第廿四隧、第廿五隧、第廿六隧、第廿七隧、第廿八隧、第廿九隧、箕山隧等八隧。

鉼庭部辖第卅、第卅一、第卅二、第卅三、第卅四、第卅五、第卅六、第卅七、第卅八隧和鉼庭隧等十隧。

推木部辖有武贤隧、临木隧、穷虏隧、木中隧、终古隧、望虏隧、毋伤隧等七隧。

诚北部辖俱南隧、执胡隧、武强隧、惊虏隧、□虏隧、俱起隧、诚北隧等七隧（其中在不同的简中，执胡、惊虏既有属诚北部者，也有属位于诚北部北面的吞远部者）。

吞远部辖万年隧、执胡隧、吞北隧、止虏隧、惊虏隧、平虏隧、逆胡隧、吞远隧、次吞隧等九隧。

不侵部辖不侵隧、当曲隧、止害隧、驷望隧、止北隧、伐胡隧、察微隧等七隧。

二、糸弦、稾矢、茜矢忘蚤

糸弦，丝质弓弦。汉简记载表明，边塞弓弩配置有糸弦和枲弦两种。《说文解字》："糸，细丝也"，故糸弦即丝弦；"枲，麻也"，故枲弦即麻弦。

稾矢，一种箭杆较长的箭。因为箭杆长，故取材有特别的要求，需选取不易变形的荆属楛木制成，文献亦称"楛矢"。在《国语·鲁语下》记载："仲尼在陈，有隼集于陈侯之庭而死，楛矢贯之，石砮，其长尺有咫。陈惠公使人以隼如仲尼之馆问之。"孔子在陈国的时候，有一只鹰隼死在陈侯的庭院，长一尺八寸的石制箭头楛木箭射穿了鹰隼。陈惠公派人带着这只鹰，去到孔子住的馆舍询问是怎么回事。博闻强识的孔子说，这只鹰隼来自遥远的地方，这支箭是肃慎氏人制造的。早在周武王克商时肃慎人就进贡楛矢。武王在楛矢上刻有"肃慎氏之贡矢"，送给大女，随嫁至虞胡公，封陈国。如果派人去旧府寻找，大概还能寻找到。于是陈惠公派人寻找，果然在金饰木盒里发现了楛矢，和孔子描述的一模一样。

茜矢，一种箭杆较短的箭，可能即《方言》所说的长一尺六寸（汉代一尺约 23 厘米，一尺六寸约 36.8 厘米）的"飞茜"箭，此箭箭镞后有较长的铁铤，箭短质重，杀伤力极强。王国维也认为茜矢即短矢，称："古者箭杆长三尺，飞茜长尺六，则短于它矢矣。"

图 5-2 居延出土竹箭杆

道听途说的军国大事

1974 年出土于居延甲渠候官遗址。木牍 1 枚（出土编号：74EPF22：325），长 22.7 厘米，宽 1.7 厘米。此牍是汉代官府办公所用的标准"两行"木牍。牍文正背面两行书写，记载了几件不同时期发生的事件，其中有甲渠塞守尉某致掾的记书；有东汉初年割据河西的窦融与初建东汉政权的光武帝刘秀的来往情况。该牍对《后汉书》中东汉建武初期河西地区的史事记载有重要的补证价值。现藏甘肃简牍博物馆。

简牍释文

•范君上月廿一日过当曲，言：窦昭公到高平，还，道不通。•天子将兵在天水，闻羌胡欲击河以西。今张掖发兵屯诸山谷，麦熟石千二百，帛万二千，牛有贾，马如故。七月中恐急忽忽，吏民未安。史将军发羌骑百人，司马新君将度，后三日到居延，居延流民亡者皆已得度，今发遣之居延，它未有所闻。•何尉在酒泉，但须召耳。•闻赦诏书未下部。•月廿一日守尉刺白掾。•甲渠君有羔未来，趋之莫府。

图 5-3 建武七年窦昭公
到高平还道不通军情书

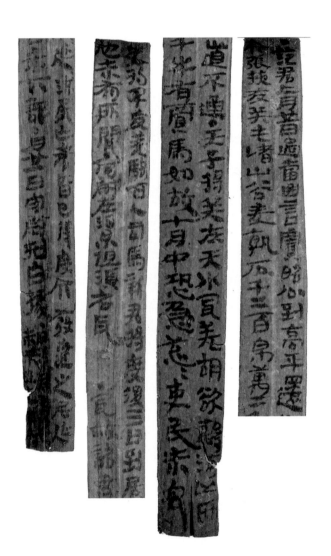

图 5-4　建武七年窦昭公到高平还道不通军情书局部

第五章

乘塞守边

057

一、汉简里的驿路通道

汉武帝时期，张骞凿通西域，后霍去病数次河西之战，击退占据河西走廊的浑邪、休屠的匈奴势力。自此以后，中原与河西地区开始成为一个联系紧密的整体。在由长安通往河西的路上存有南北多条驿道，有名的如"高平道"，又称"安定道"，即丝绸之路东段北道，从长安出发，沿泾河谷地西行，到安定郡高平县（今宁县固原原州区），继续往北沿六盘山北部向西经过甘肃靖远过黄河，直达武威。南道即沿渭河谷地西行，从今宝鸡溯汧河（今千河）而上，于陇县过大震关西越陇山，又沿今清水县通往上邽（今甘肃天水），过陇西、临洮到今甘肃兰州，再由兰州渡黄河去武威，至此南北二道并合为一。

在河西地区出土的数量众多的汉代简牍中，1974 在甲渠候官遗址所在地居延破城子遗址出土的居延里程简与 1990 年发掘出土的敦煌悬泉置里程简中，详细记载了由长安发往河西四郡的驿路里程。两简恰可补正对丝路东段南北道的记载。

二、道听途说的军国大事

此文记载了建武初年，河西窦融与光武帝刘秀通好，共同合作夹击隗嚣的史实。《后汉书·窦融传》记载建武五年（29 年）夏窦融遣使入汉，曾派同产弟窦友前往洛阳，"友至高平，会嚣反叛，道绝，驰还"。窦融，字周公，窦友，字召公，该简所述昭公或为召公笔误。《后汉书·光武帝纪》及《后汉书·隗嚣传》皆载隗嚣反叛在建武六年（30 年），建武八年（32 年），刘秀亲征隗嚣，窦融亦引兵与光武会于高平，所以整理者认定此简所记时间当在建武七年（31 年）。简文后半部分及简背文字记录了河西及居延地区应对隗嚣及羌人叛乱的相关史实。

居延驿置道里

文物简介

1974年出土于居延甲渠候官遗址。木牍1枚（出土编号：EPT59：582），松木质，牍长22.7厘米，宽2.2厘米，厚0.2厘米。牍上有文字四栏，每栏四行，记录了从长安出发西至张掖郡氐池县的20个驿置地名，以及各驿置点之间的里程。

该简与1990年出土于敦煌悬泉置遗址的一枚"里程简"相衔接，记录了从长安出发经三辅、安定进入河西走廊到敦煌郡的道路里程。居延出土的这枚"驿置道里簿"为研究丝绸之路东段路线提供了重要的第一手资料。现藏甘肃简牍博物馆。

简牍释文

长安至茂陵七十里，茂陵至茯置卅五里，茯置至好止七十五里，好止至义置七十五里；月氏至乌氏五十里，乌氏至泾阳五十里，泾阳至平林置六十里，平林置至高平八十里，高平至□□□□里；媪围至居延置九十里，居延置至觻里九十里，觻里至揟次九十里，揟次至小张掖六十里；删丹至日勒八十七里，日勒至钧耆置五十里，钧耆置至屋兰五十里，屋兰至氐池五十里。

图 5-5 驿置道里簿

图 5-6　驿置道里薄简局部

汉简里的丝绸之路

在西戎、北狄占据西北广大地区的先秦时代，早期的游牧民族就已经开拓出了一条通贯亚欧大陆的草原通道。周穆王驾八骏西极昆仑会西王母的传奇故事，给我们留下了关于这条通道的神奇想象。自秦汉以后，伴随丝绸之路的开通繁盛，由中原通往中亚的新通道，借助河西走廊，大大缩短了交通里程。这条丝绸之路是广为人们所熟知的，但是它的具体路线怎么走，在居延里程简出土之前，人们并不清楚。

1974 年，甘肃省文物考古工作队在汉代居延地区甲渠候官所在地破城子遗址（贝格曼编号 A8）发掘出土了一枚稍有残损的木牍，上面分四栏明确记载了从长安到敦煌的通行驿置名称和两地间的里程。从木牍记载可知，从长安出发西北行，经茂陵（今陕西兴平），过好止（即好畤，今陕西乾县），沿泾河溯流而上，顺着今天 312 国道的方向，一路迈向西北，穿越甘肃陇东地区，于泾阳（今甘肃平凉）折而北行，过萧关到达安定郡治高平县（今宁夏固原）。

后面简文记载则指向了汉代黄河北岸的媪围县（今甘肃景泰）。木牍左边恰好残缺了数行，丢失了从高平到媪围一段的驿路里程记载。严耕望在《唐代交通图考》一书中提到这段路线，也说所经路线不详，但是搜诸史文，我们能大致判断出这条路线的走向。《汉书·武帝纪》记载元鼎五年（前 112 年）汉武帝西巡郡县，翻越陇山，登空同，"西临祖厉河而还"。祖厉河源出今甘肃通渭华家岭，北流经过甘肃会宁，在今甘肃靖远县汇入黄河，而渡过黄河，即汉媪围县地，因此汉代的高平道，也即安定道，其通行路线到达高平后沿六盘山北部通过，再沿着祖厉河到达黄河渡口，过黄河后进入武威郡。

1990 年在甘肃敦煌与瓜州之间的戈壁滩汉代悬泉置遗址中发掘出土的汉简中，同样有一枚与居延里程简性质相同的悬泉里程简。通过这两枚汉简文字记载的驿路通道，我们能够复原出汉代长安通往敦煌的丝绸之路的具体走向。2014 年夏，"丝绸之路：长安—天山廊道的路网"申遗成功，悬泉里程简对丝路往来驿路走向的明确记载成为极其重要的佐证，居延里程简对复原长安到居延的道路走向亦同样重要。

图 5-7 破城子里程简

塞防检查

1974 年出土于甲渠候官第 22 号房址内。木简 6 枚（出土编号：EPF22：236-241），下部变形残断，长 16～22 厘米，宽 1.2 厘米。内容为检查部、隧守御器具和吏卒记诵烽火品约等相关事项。该简册的出土，为研究王莽时期居延边塞的守御器种类、兵器装备以及平时的检查制度提供了翔实具体的实物资料，有重要价值。现藏甘肃简牍博物馆。

简牍释文

新始建国地皇上戊三年七月，行塞省兵物录。省候长窜马追逐具，吏卒皆知火品约不？省蓬干、鹿卢索完坚调利，候卒有席荐不？省守衙具、坞户调利，有狗不？……不？右省兵物录。

阅牍延伸

行塞举

行塞，是指上级部门视察边塞亭隧的各项工作，是上级部门对所属下级部门的一种督察制度。从相关简文记载可知，这种督察制度主要有行塞举、行塞省和行塞劳三种。

汉代制度，太守在七八月间要去行塞。据《汉官仪》载："八月，太守、都尉、令、长、相、丞、尉会都试，课殿最。水家为楼船，亦习战射行船。边郡太守各将万骑，行郭塞烽火追虏。"根据史书记载，我

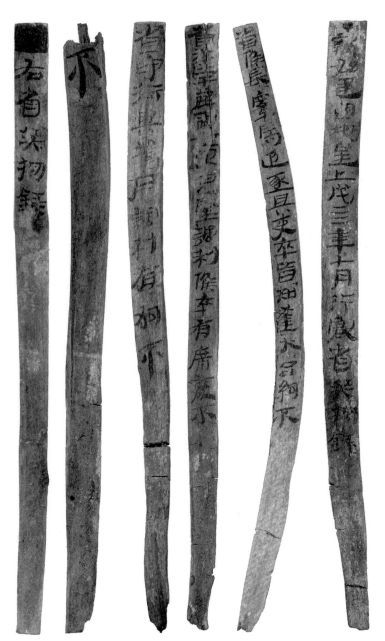

图 5-8　地皇四年行塞省兵物录

们知道汉代都试的时间也在八月或九月，如《汉书·翟方进传》所载："以九月都试日斩观令，因勒其车骑材官士，募郡中勇敢，部署将帅。"又《汉官解诂》中记载："旧时以八月都试，讲习其射力，以备不虞。"相比于都试，行塞则多指临时性的巡视活动。《汉书·杨仆传》记载"士卒暴露连岁，为朝会不置酒，将军不念其勤劳，而造佞巧，请乘传行塞，因用归家，怀银黄，垂三组，夸乡里"，可见行塞的目的除检查军事防御之外，更多突出对边塞吏卒生活状态的关切。

居延新简甲渠破城子第四隧遗址出简(出土编号：EPS4T2：6)中记载："候长、候史马皆廪食。往者多羸瘦，送迎客不能竟界。太守君当以七月行塞，候尉巡行，课马齿五岁至十二岁。"其所记载的事情，包含了对军马等守战具的巡查，与本文介绍的简册中所讲的相关行塞安排是同样的事情。本简册简文记载行塞省兵物时主要有"候长窜马追逐具、吏卒皆知烽火品约不、烽干鹿卢索完坚调利、候卒有席荐不、守衙具、坞户调利、有狗不"等相关事项。其中窜马追逐器指的是与军事作战相关的战马配件，另外还需要检查吏卒对烽火品约的熟悉掌握程度，以及与烽火相关的烽干（竿）、鹿卢（即辘轳）、绳索等对象的完整坚固、灵活程度等。此外，长官巡视同样关注吏卒的生活状态，巡查中问询候卒的席子和草荐是否齐备，守御的武器以及坞堡门户是否灵活合用等，最有趣的是居然还要询问助人防守的狗的有无，可谓面面俱到。

大赦天下

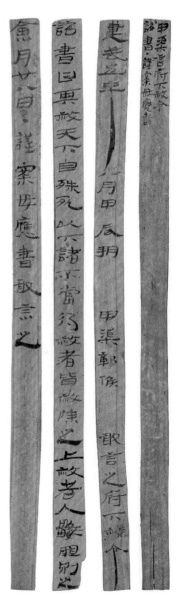

文物简介

1974 年出土于甲渠候官遗址第 22 号房址内。木简 4 枚（出土编号：EPF22：162-165），长 23 厘米，宽 1.2 厘米。全文 76 字。内容是甲渠鄣候上报给都尉府的文件。第 1 简为标题，第 2、3 简转述都尉府来文内容，第 4 简为上报内容。主要是根据朝廷的赦令诏书，要求甲渠鄣候上报被赦人员名籍和每人所判罪名、刑罚。该文书的出土，对研究东汉初年窦融统治下的河西社会的法律制度、刑徒服刑、戍卒人员的成分构成等具有重要价值。现藏甘肃简牍博物馆。

简牍释文

·甲渠言：府下赦令诏书。·谨案：毋应书。建武五年八月甲辰朔，甲渠鄣候，敢言之。府下赦令诏书，曰：其赦天下自殊死以下，诸不当得赦者皆赦除之，上赦者人数，罪别之，会月廿八日。·谨案：毋应书，敢言之。

图 5-9　建武五年甲渠言赦令诏书毋应书者

应书

"应书"的字面意思指应该书写上报的信息，是对上级来文进行答复的文书称呼，又称报书，下级机构按规定将上级要求应该书写上报的信息写入上报，属于官府机构的上行文书。《汉书·董仲舒传》有"今以一郡一国之众，对无应书者"的记载，颜师古注释说"书谓举贤良文学之诏书也"，则此处应书即是应诏书的意思。《汉书》另有"九江以召父应诏书"的记载，可见"应书"与"应诏书"意思相同，都是对上级诏书的回应。简文中的"毋应书"是甲渠候官对居延都尉府写移下发光武帝赦令诏书的回复。

《后汉书·光武帝纪》记载，建武五年二月丙午，光武帝颁诏大赦天下，赦令诏书的具体信息不详。是年夏，掌控河西五郡的窦融遣使归汉，接受东汉朝廷管辖。该简册反映出建武五年（29年）八月，河西张掖郡居延都尉府甲渠候官传来了光武诏书，其时距刘秀发布大赦令已过去半年。甲渠候官根据诏书规定，进行了核查，并未在部中发现有符合大赦诏书的人员，所以如实上报"毋应书"于居延都尉府。

图 5-10 居延应书简红外图片

居延新简中另有编号为EPF22：68的简册，简中记载"八月戊辰……上赦者人数，罪别之，如诏书，书到言，毋出月廿八日"。该简所述信息与本文介绍的简册内容相似，记载的当是同一件事。建武五年（29年）八月为甲辰朔，八月戊辰即八月二十五，都尉府书要求上报应书不得超过八月二十八日，也就是要求必须在三天内完成此事，可见其行政效率较高。甲渠候官的覆文在书写时间上留下了空白，当是本简册作为留档底稿而没有书写上报的具体时间，而甲渠鄣候的签名也相应空缺了。

边塞的后勤供应

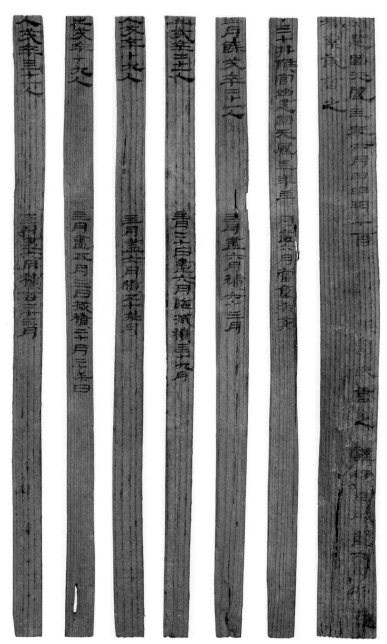

图 5-11　新莽天凤四年当食者案简（一）

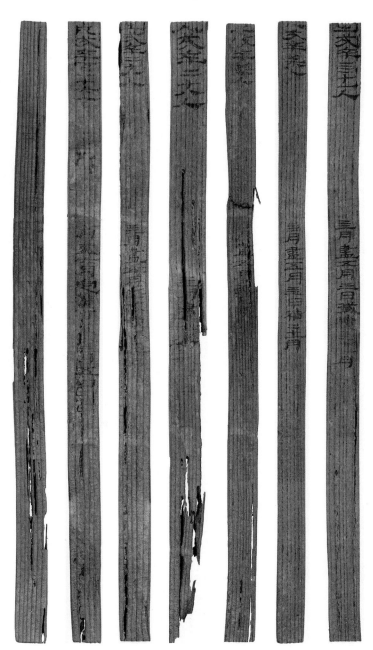

图 5-11 新莽天凤四年当食者案简（二）

1974年出土于居延甲渠候官遗址。木简14枚（出土编号：EPT68：194-207），除个别有残断外，其余均长23厘米，宽1.2厘米。简册是新莽始建国天凤四年六月丁酉日（17年6月26日）三十井候官候习写给甲渠候官的一份当食者案文书。第1简为呈文；第2简为该文书的标题；第3-13简为正文；第14简为简册尾简，未书写文字。该简册对我们了解居延边塞吏卒的廪食配给制度以及戍边吏卒的后勤供应有重要参考价值。现藏甘肃简牍博物馆。

简牍释文

始建国天凤三年六月甲申朔丁酉，三十井鄣候习敢言之。谨移三月尽六月当食者案，敢言之。·三十井候官始建国天凤三年三月尽六月当食者案，三月余戍卒二十一人，三月尽六月积六十三月；出戍卒二十一人，三月二十日尽六月晦减积三十九月；入戍卒十九人，三月尽六月积五十泰月；出戍卒十九人，三月尽五月三日减积二十月二十泰日；入戍卒三十一人，三月尽六月积百二十三月；出戍卒三十一人，三月尽五月三日减积三十一月；入戍卒泰人，三月尽五月三日积二十一月；出戍卒泰人，三月尽五月三日减积泰月二十一日；入戍卒二十八人，三月尽六月积八十三月；出戍卒二十八人，三月尽五月晦减积五十六月；·凡戍卒百一十六人，三月尽六月定积百泰十三月五日。

阅牍延伸

当食者案

三十井候官和甲渠候官都受居延都尉府管辖，二者各有独立的塞防辖区，各自负责本塞的戍卒廪食发放等日常管理工作。但我们从简文记载可知，这是一份以卅井候官的名义所写，并移送至甲渠候官的一份公文。为何三十井候官会给甲渠候官移送当食者案文书？这些戍卒属于哪个候官？为什么要由卅井候官统计并核实这些戍卒（当食者）领取廪食的天数？这些问题实际上都需要进一步研究。

我们的一种推测是，这些戍卒属于甲渠候官，他们被居延都尉府统一派遣至卅井候官从事集体省作（即集中劳作），戍卒外出省作期间原单位即甲渠候官不再发给廪食，而是由卅井候官按日供给。此次甲渠候官派省卒至卅井候官省作的时间是始建国天凤四年四月至六月间。由于这些戍卒是分批派遣，且省作过程中人员来去不定（如生病请假或因故离开），故实际省作总人数和总天数需要逐一统计。因为省卒在省作期间每日只能领取一份口粮，为防止从事省作的戍卒在两个候官间重复领取口粮，故省作期间派遣单位甲渠候官和接收单位卅井候官就需要独立编制戍卒廪食天数。为确保两家单位统计结果相符，卅井候官专门给甲渠候官写了一份当食者的统计报表，以便核实之用。由于该统计是经卅井候官处严格核实的最终结果，具有法律意义上的权威性，故称之为"案"。从财务的角度上来看，卅井候官报送给甲渠候官的这份当食者案文书就是供甲渠候官对账用的。

匈奴犯边点烽火

图 5-12 烽火品约（一）

图 5-12　烽火品约（二）

1974年8月出土于甲渠候官遗址第16号房址内。共17枚（出土编号：EPF16：1-17），松木质，每简长39厘米，宽1.5厘米，厚0.2厘米。每简文字前有一墨点，作为每条品约的起始处。每简容字多者50字，少者如最后一简只7个字，共610余字。内容主要是居延地区殄北塞、卅井塞、甲渠塞遇到匈奴来犯时，根据不同情况发出不同警报信号的规定。

虽然肩水都尉、敦煌玉门都尉和中部都尉的烽火品约也有一些零星发现，但像居延这样完整系统的烽火品约还是第一次发现，它对研究汉代边塞地区的烽火报警系统和防御设施具有重要价值。现藏甘肃简牍博物馆。

·匈人奴昼入殄北塞，举二蓬、□烦蓬一，燔一积薪。夜入，燔一积薪，举堠上离合苣火，毋绝至明。甲渠、三十井塞上和如品。

·匈人奴昼甲渠河北塞，举二蓬，燔一积薪。夜入，燔一积薪，举堠上二苣火，毋绝至明。殄北、三十井塞和如品。

·匈奴人昼入甲渠河南道上塞，举二蓬、坞上大表一，燔一积薪。夜入，燔一积薪，举堠上二苣火，毋绝至明。殄北三十井塞上和如品。

·匈奴人昼入三十井降虏隧以东，举一蓬，燔一积薪。夜入，燔一积薪，举堠上一苣火，毋绝至明。甲渠、殄北塞上和如品。

·匈奴人昼入三十井候远隧以东，举一蓬，燔一积薪，堠上烟一。夜入，燔一积薪，举堠上一苣火，毋绝至明。甲渠、殄北塞上和如品。

·匈奴人渡三十井县索关门外道上隧天田失亡，举一蓬、坞上大表一，燔二积薪。不失亡，毋燔薪，它如约。

·匈奴人入三十井诚势北隧、县索关以内，举蓬燔薪如故。三十井县索关、诚势隧以南，举蓬如故，毋燔薪。

·匈奴人入殄北塞，举三蓬；后复入甲渠部，累举旁河蓬；后复入三十井以内部，累举堠上直上蓬。

·匈奴人入塞，守亭鄣不得下燔薪者，旁亭为举蓬燔薪，以次和如品。

·塞上亭隧见匈奴人在塞外，各举部蓬如品，毋燔薪。其误，亟下蓬灭火，候尉吏以檄驰言府。

·夜即闻匈奴人及马声，若日且入时，见匈奴人在塞外，各举部蓬，次亭晦不和。夜入，举一苣火，毋绝尽日夜灭火。

·匈奴人入塞，候、尉吏亟以檄言匈奴人入，蓬火传都尉府，毋绝如品。

·匈奴人入塞，承塞中亭隧，举蓬燔薪□□□蓬火品约，塞□□□举一蓬，毋燔薪。

·匈奴人即入塞千骑以上，举蓬，燔二积薪。其攻亭鄣坞壁田舍，举蓬，燔二积薪。和□如品。

·县田官吏：令、长、丞、尉见蓬火起，亟令吏民□蓬□□诚敖北隧部界中，民田□畜牧者□□……为令。

·匈奴人入塞，天大风，会及降雨不具蓬火者，亟传檄告，人走马驰以急疾为故□。

·右塞上蓬火品约。

阅 读 延 伸

一、汉匈拉锯与守御之策

经过汉初半个世纪的休养生息，国库逐渐殷富，汉武帝继位，开始主动出击匈奴，开拓西北。漫长的拉锯战在广阔的大漠南北不断展开，百年相持，实力此消彼长，汉匈之间不断地交流互动。两汉之交，战乱四起，初建的东汉王朝无力顾及边地，河西地区对匈奴的策略仍以守御为主。"塞上烽火品约"简册记录了居延都尉府下辖殄北、卅井、甲渠各部及所属亭、燧在面对匈奴来犯时必须进行的示警、传檄等规定。

"塞上烽火品约"规定的示警办法，包括举示烽火，燃烧积薪等。细致区分了匈奴来犯人数多寡、初犯亭燧位置等情况，规定了相邻亭燧的示警协防办法等，要求各部在匈奴来犯之际，快速判断军情，通过不同烽火的严格使用，将军情迅捷地传报至居延都尉府。

二、"约法三章"与"品约"

刘邦入关，与父老约法三章，"杀人者死、伤人及盗抵罪"，约法三章的"约"字可以理解为约定之意。简册所述"烽火品约"，通俗来说就是烽火品物使用的式则与约定。《礼记》记载"约信曰誓"，孔颖达注疏"共相约束，以为信也"。居延地区出土的"烽火品约"应当就是西北边塞军事机构都尉府下达给各部的一种共同防御匈奴的约束式则。

汉代的军功封赏

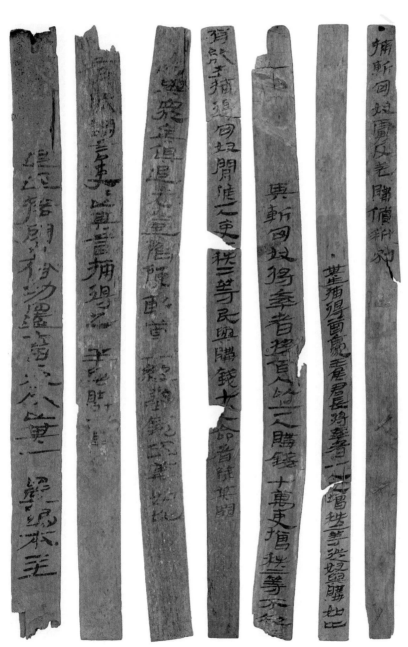

图 5-13　捕斩匈奴虏、反羌购赏科别（一）

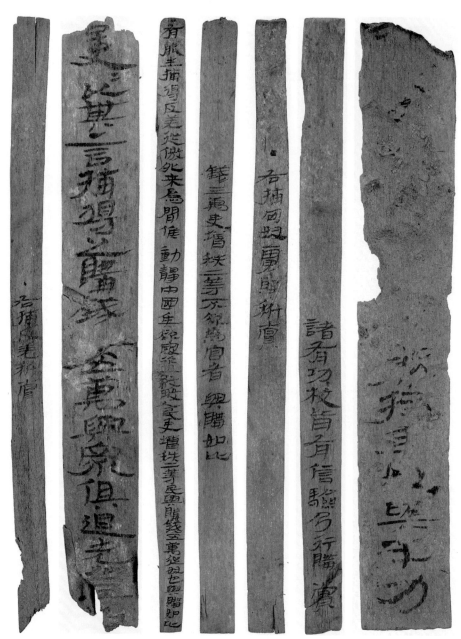

图 5-13 捕斩匈奴虏、反羌购赏科别（二）

图 5-14　捕斩匈奴虏、反羌购赏科别简红外图片局部

文物简介

　　1974 年 8 月出土于甲渠候官遗址第 22 号房址内。简册共 14 枚（出土编号：EPF22：222-235），多残断，完整者长 23 厘米，宽 1 厘米。能释读者 248 字。中间有缺简，内容略残，但整个文书内容是清楚的。主要是悬赏捕斩匈奴和反叛羌人的赏赐方法。汉匈关系、汉羌关系始终是影响汉王朝政治、经济、军事、社会的重大因素。如此详尽具体的购赏科别，对研究两汉时期的民族关系和社会稳定具有重要学术价值。现藏甘肃简牍博物馆。

捕斩匈奴虏反羌购偿科别。其生捕得酋豪王侯君长将率者一人，吏增秩二等，从奴与购如比。其斩匈奴将率者，将百人以上一人，购钱十万，吏增秩二等，不欲为。有能生捕得匈奴闲候一人，吏增秩二等，民与购钱十……人命者除其罪。有能与众兵俱追，先登陷阵，斩首一级购钱五万如比。有能谒言吏，吏以其言捕得之，半与购赏。追逐格斗有功，还畜参分以其一还归本主（……能持口奴与半功。）诸有功校皆有信验，乃行购赏。右捕匈奴虏购科赏。

钱三万吏增秩二等，不欲为官者与购如比。有能生捕得反羌从徼外来，为间候动静中国兵，欲寇盗杀略人民，吏增秩二等，民与购钱五万，从奴它与购如比。言吏，吏以其言捕得之，购钱五万，与众俱追，先登陷，右捕反羌科赏。

汉简中的军功封赏

在古代中国，中原王朝与周边民族的关系变化是一个永恒的话题。秦汉之际，中原王朝面临的最大威胁即来自北方的游牧民族匈奴人，而在西北地区则有羌人。

据《史记》《汉书》记载，秦汉之时，匈奴已经绵历千余年，冒顿单于时最为强盛，"控弦之士三十万"，南与中原王朝为敌。匈奴政权设置，单于以下，有左右贤王、左右谷蠡王、左右大将、左右大都尉、左右大当户、左右骨都侯等。自左右贤王以下当户，"大者万余骑，小者数千"，共有二十四长，二十四长以下，又各自设置了千长、百长、什长、都尉、当户等。简册中记载，斩匈奴将率，"将百人以上一人"，其中"百人"一职或许就是匈奴二十四长下属的"百长"。

羌人分布范围较广，在河西走廊以南，青海省境内，其东界在陇西以西的洮、岷之间，也就是今天甘肃临洮以西，敦煌南山中大概也曾有羌人居住。匈奴强盛，羌人臣服于匈奴，至汉景帝时，羌人曾内迁于陇西狄道等县。汉武帝征伐匈奴，隔绝羌人和匈奴的联系，设置护羌校尉统领诸羌。至宣帝时，则有赵充国经营羌地。西汉末年，王莽政策乖戾，致众叛亲离，四裔生变。隗嚣联合羌人割据陇西，汉光武帝攻灭隗嚣后，羌人曾一度与东汉王朝作战，攻击金城等边地郡县，经过牛邯、马援等前后经营，逐渐安定下来。

　　居延新简中"捕斩匈奴虏、反羌购赏科别"，内文详细列举了汉王朝对于捕斩匈奴及反叛羌人的奖励措施，其中给有功吏员增秩、给民人以赏钱，并且鼓励他们在作战中"先登陷阵"，这些具体的奖赏法令，真实反映了居延地区作为军事前沿，在中原王朝与周边少数民族接触的第一线所起到的作用。

汉代官吏的工资

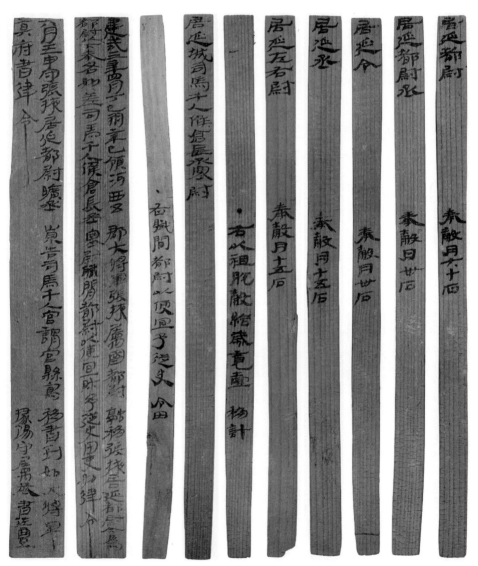

图 5-15　建武三年居延都尉吏奉例

文物简介

1974 年 8 月出土于甲渠候官遗址第 22 号房址内。简册共 10 枚（出土编号：EPF22：70-79），每简长 22.8 厘米，前两简宽 2.5 厘米，其余 8 简宽 1.4 厘米。全文 200 字。该简为东汉建武三年（25 年）窦融统治河西期间留下的一份完整的财政文书。第一简为建武三年（25 年）四月辛巳领河西五郡大将军张掖属国都尉窦融为居延都尉所属官吏制定的"奉谷令"；第二简为守张掖居延都尉旷和丞崇于六月十七日下发的文件，简背有"已雠"二字；其余 8 简规定了居延都尉、丞和居延县令、丞、尉每月的奉谷数量，同时城司马、千人、候、仓长、丞、塞尉等各级吏员的月奉可根据仓储和财力情况而定。窦融时期"奉谷令"的出土为研究两汉交替之际河西边塞的财政状况，以及官吏的薪俸发放情况提供了第一手资料。现藏甘肃简牍博物馆。

简牍释文

居延都尉，奉谷月六十石。居延都尉丞，奉谷月卅石。居延令，奉谷月卅石。居延丞，奉谷月十五石。居延左右尉，奉谷月十五石。·右以祖脱谷给，岁竟壹移计。居延城司马千人候仓长丞塞尉。·右职闲，都尉以便宜予从史令田。建武三年四月丁巳朔辛巳，领河西五郡大将军张掖属国都尉融移张掖居延都尉，今为都尉以下奉各如差，司马千人候仓长丞塞尉职闲，都尉以便宜财予，从史田吏如律令。六月壬申，守张掖居延都尉旷、丞崇告司马千人官，谓官县，写移书到，如大将军莫府书律令，掾阳、属恭、书佐丰。

阅牍延伸

一、汉代官吏的工资怎么计算？

汉承秦制，以粮食重量代表秩级，汉廷中央三公称万石，九卿官秩中二千石。地方上郡守秩二千石，郡守下有丞和长史，秩六百石。郡下又设郡尉，"副佐太守"，掌管武备。汉景帝时改为都尉，秩比二千石，有都尉丞，秩六百石，在边地郡县，都尉设置常不止一个，比如张掖郡就有郡都尉，也有张掖居延都尉、肩水都尉等。郡下设县，县令秩千石至六百石不等，县长秩五百石到三百石不等。县令、长以下又有县丞、县尉，秩四百石至二百石。其中百石以下有斗食、佐史秩级，是许许多多的小吏员的品秩，这些小吏统称为少吏。

《汉书》颜师古注，万石月俸三百五十斛谷。以下的秩级俸禄等次递减，中二千石每月一百八十斛，二千石一百二十斛，比二千石百斛，六百石七十斛。《汉官》记载，斗食月俸十一斛，佐史月俸八斛。据陈梦家考证，西汉俸禄以钱为主，王莽最后六年以谷物为主，东汉则是半钱半谷。《建武三年居延都尉吏奉例》记载了建武三年（25年），窦融管辖河西时发布的一条关于都尉以下官吏奉谷等差的命令。根据窦融发布的新规定可以看出，秩比二千石的居延都尉月俸谷仅为六十石，史书有"十斗一斛"及"十斗一石"的记载，此六十石即是六十斛，相比于史书记载中比二千石每月百斛的俸例少，而其余官吏的俸禄也相应减少。虽然汉代不同时期的官吏俸禄存在变化，但对比简文中的情况，可能与两汉之交战乱频繁的社会环境有重要关系。

二、简册如何编联？

"建武三年居延都尉吏奉例"该简册出土时无编绳，但通过观察简册外形，我们会发现许多与其编联状态有关的细节。该简册文书以单行书写的"札"与双行书写的"两行"组成，其中有上下两道编绳，在编联处多刻有契口，两枚"两行"编联处未见契口，但留有空白。

仔细观察简册内容及书写风格，可以看出此简册至少由二人书写，其中记录都尉及令丞等长吏主官的札簿墨色较浓，书写风格与抄录窦融府书命令的书迹明显不同，但其中关于居延城司马、千人俸例的两枚"札"，其书体似与前述二类亦有不同。

悬泉置遗址出土的"阳朔二年传车亶轝簿"简的编联形式,最左边(即简册最后)为"两行","两行"右边分别编次单行的簿札,由此可以推想,"建武三年居延都尉吏奉例"简的编联也当是以都尉、县令的奉例在右(前),而写移的窦融府书及居延都尉遵照执行的覆文在最左(最后)。

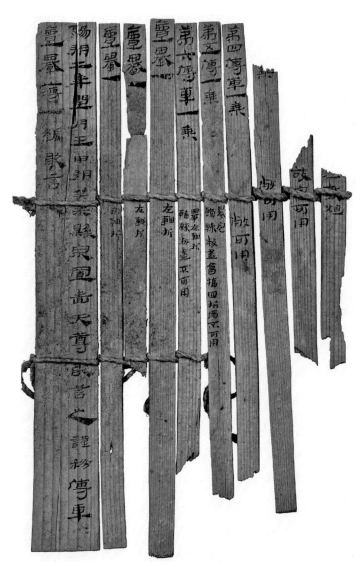

图 5–16 "阳朔二年传车亶轝簿"简编联示意图

民以食为天

1973 年出土于肩水金关遗址。木简 1 枚（出土编号：73EJT33：88），长 23 厘米，宽 1.1 厘米，厚 0.3 厘米。形制完整，字迹清晰。简文中"给过客"说明了"鲍鱼"是接待性饮食服务的常规菜品。此简对于研究河西社会的饮食生活具有重要研究价值。现藏甘肃简牍博物馆。

负鲍鱼十斤，见五十头。橐败少三斤，给过客。

从汉简的记载和汉烽隧遗址出土遗物来看，汉边塞士卒及居民的食物以米面为主食，配以菜蔬，间或食肉。秦汉时期，随着大一统局面的形成，农业生产技术得到极大提高，手工制造业兴盛，农作物种类增多，粮食产量提高，畜牧业也有长足发展。民众的饮食习惯和饮食结构、烹饪方式、炊煮器具等也相应发生了变化。汉代边塞的屯戍吏卒和普通民众的饮食品种非常丰富。仅据汉简记载，

图 5-17　肩水金关
"鲍鱼"简

粮食类的主食主要是米面类，如米饭、面食、糒、羹饭等；肉类食品中除鱼肉类外，还有畜类肉食品，如牛肉、狗肉、羊羔肉、猪肉、鸡肉、马肉、骆驼肉等，以及猪、牛、羊等的下水；菜蔬类食材则有葵子、青葵、韭菜、葱等；调味品有盐、淳酸（醋）等。辅食饮品有酒、豉汁等。

边塞戍卒日常主食是米面之类的食物，种类较多，有"黍米"，黍即"穈"，今称为穈子，仍为北方人民的主要粮食之一。麦类粮食主要有大麦、穬麦和小麦等。穬麦是居延边塞人们常食的粮食之一，是大麦的一种，颖果成熟时内外颖与籽粒相分离。穬麦为裸大麦，在西北地区和青藏高原称青稞。小麦也是居延边塞屯戍吏卒重要的粮食之一，在汉代广为种植，按耕种时间分春小麦和冬小麦。

糒是居延边塞屯戍吏卒所常食的干粮。脱壳后的米麦一般以蒸煮为主，居延边塞由于气候干燥，食物不易发霉变质，加之屯戍吏卒外出执行公务的情况较多，军事行动较为频繁，故这些粮食会被提前炒熟，磨成粉状或捏成饼状，置于戍所，随时备用。这些磨成粉状的加工过的食物称之为"糒"，糒在简中又称"惊糒"，平日是作为军事上的储备物资，遇有行军或战事，则按士卒人数配备糒粮，标准是每人每天食用三斗。糒作为炒熟的食物，故可久储。

边塞除米、麦粮食外，另一重要粮食还有豆类。也有来自胡地的豆子，地湾汉简中称"胡豆"。蔬菜是古代民众的主要辅食之一。就汉简记载来看，边塞屯戍吏卒日常食用的菜蔬主要有葵、韭、葱、毋菁等。此外还有一些植物尚不能确定是否为边塞吏卒日常食用的蔬菜，如大荠、戎介等。

边塞戍边士卒所食用的肉类食物主要有牛肉、马肉、鸡肉、狗肉、猪肉、羊肉、鱼肉等，以及牛、马等牲畜的内脏。在地湾汉简中就记载有：

入钱二千七百。□□□□□□尽二月积四月食□。入[交]钱二千。□二□。三月丁未买牛肉十斤免罢治渠卒所以食，南阳吏四人。

地湾当时有重要的屯田区，属驿马田官所辖，有数量不少的治渠卒在此从事通渠事务。此简由三枚残简缀合而成，是台北史语所简牍整理小组最新缀合成果。缀合后的简文给我们提供了有关居延边塞对罢卒回乡的一些温暖人心的举措。从简文记载知，这批免罢治渠卒来自南阳，戍役期满，当返归故乡；南阳派遣了四名吏员前往居延边塞迎接他们返乡，返乡的时间是三月，临行前，驿马田官专门于丁未日这天买了10斤牛肉，为即将返归故里的罢卒们食用。

边塞气候干燥，日照强，风大，晾晒的牛肉极易晾干，不易变质发霉，所以在肩水地区，人们亦制作牛肉脯，如地湾汉简载"四月辛酉买牛肉百斤治脯"，即四月辛酉这天，某人买了100斤牛肉用以制作肉脯。

鱼肉是肩水边塞的人们常食用的肉食，这是因为肩水边塞紧邻弱水，人们正好可以结网捕鱼。在肩水金关遗址中就曾出土渔网一张，以及数量众多的陶制渔网缀子，人们将捕获的鱼用盐渍上，这种渍盐之鱼称之为"鲍鱼"，如地湾汉简载"鲍鱼百头"，就指盐渍鱼、干鱼。在距地湾城不远的肩水金关所出汉简中记载有一例麻袋因为长期装鲍鱼，水浸盐渍而致麻袋朽败，以致因囊破而漏撒了三斤鲍鱼，其简文为"负鲍鱼十斤，见五十头。囊败少三斤，给过客"，"给过客"指用鲍鱼招待客人。

第六章

官司纠纷

马驹之死

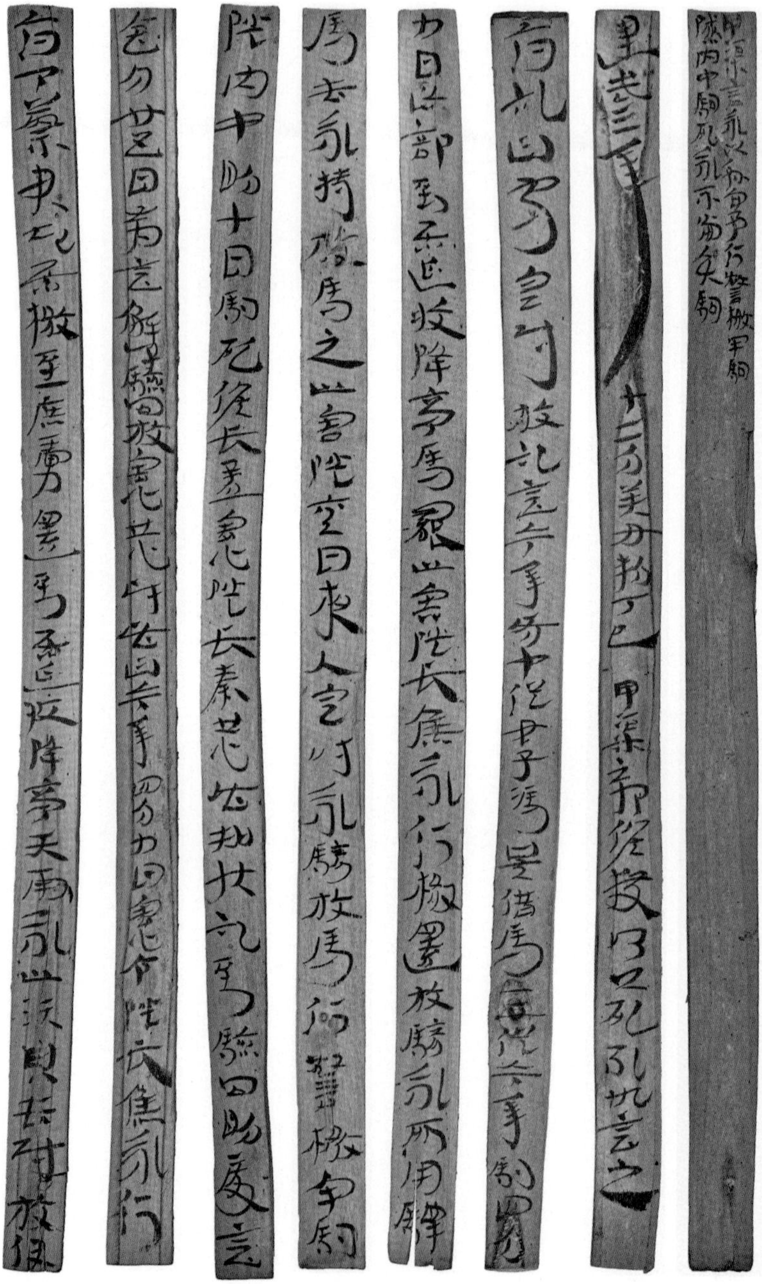

图 6-1 隧长焦永死驹劾状（一）

图 6-1 隧长焦永死驹劾状（二）

文物简介

1974 年出土于甲渠候官遗址第 22 号房址内。共 16 简（出土编号：EPF22：186-201），木质，长 21.2～23 厘米，宽 0.9～1.1 厘米。除一枚略有残蚀外，其余各简墨迹清晰如初。全篇章草，一气呵成，潇洒飘逸，既是一篇重要文献，又是一幅书法珍品。可释读者 409 字。文义连贯，内容完整。第一枚（印 F22：186）为题签，第二简及其后为正文，简背有书吏之签署。该简是一份追查马驹死亡责任的文书。

该册书记述具体生动，宛然一幅戍边士卒月夜巡行图。册书对研究汉代的马政、边塞行檄、责任追究制度等有一定的参考价值。该简文是研究汉代章草书法的典范之作。现藏甘肃简牍博物馆。

简牍释文

·甲渠言：永以县官事行警檄，牢驹隧内中，驹死，永不当负驹。建武三年十二月癸丑朔丁巳，甲渠鄣候获叩头死罪，敢言之。府记曰：守塞尉放记言：今年正月中，从女子冯吴借马一匹，从今年驹。四月九日诣部到居延收降亭，马罢。止害隧长焦永行檄还，放骑永所用驿马去，永持放马之止害隧。其日夜人定时，永骑放马行警檄，牢驹隧内中。明十日，驹死。候长孟宪、隧长秦恭皆知状，记到验问，明处言，会月廿五日。前言解，谨验问，放、宪、恭、尉皆曰：今年四月九日，宪令隧长焦永行府卿蔡君起居檄至庶房，还，到居延收降亭，天雨，永止，须臾去，尉放使士吏冯匡呼永曰："马罢，持永所骑驿马来。"永即还，与放马，持放马及驹随放后，归止害隧。即日昏时到吞北，所骑马更取留隧驿马一匹，骑归吞远隧。其夜人定时，新沙置吏冯章行珍北警檄来，永求索放所放马，夜冒不能得。还，骑放马行檄，取驹牢隧内中，去到吞北隧□□□罢□□□□中步到……俱之止害隧，取驹去，到吞北隧下驹死。案：永以县官事行警檄，恐负时，骑放马行檄，驹素罢劳，病死，放又不以死驹付永，永不当负驹。放以县官马擅自假借，坐藏为盗，请行法。获教救要领，放毋状，当并坐。叩头死罪死罪，敢言之。掾谭、尉史坚。

阅牍延伸

马驹之死

这是东汉建武三年甲渠候获奉居延都尉府记之命，对止害隧长焦永马驹之死一案进行的调查审讯，并报送案结的文书副本。

此文书涉及的人物众多、路线复杂，仔细梳理后可以初步了解这起案件的前因后果。

塞尉放向都尉府申诉，要求焦永赔偿马驹。

塞尉放说：建武三年（25年）正月，塞尉放从女子冯吴那里借了一匹刚产了马驹的母马。四月九日因公事到部去，骑马行到收降亭时，马已经疲惫。适逢止害隧长焦永执行警檄公务归来，于是塞尉放就骑了焦永的驿马去部上汇报工作。焦永则骑着母马到了止害隧。第二天夜里焦永又骑着母马去执行警檄公务，等回来的时候发现马驹已经死在止害隧的马圈里了。此事的见证人有候长孟宪、隧长秦恭。

塞尉放和焦永等人的关键证词是：塞尉放执行公务，在行至居延收降亭时，天大雨，于是停下来避雨。正要离开的时候，听到士吏冯匡叫他，说塞尉放的马匹行不动了，于是塞尉放想借用焦永的驿马一用。于是焦永又倒回来把驿马借给了塞尉放，然后驱着塞尉放的一马一驹跟在后面，到了止害隧。后来焦永因为要执行紧急公务，几次向塞尉放索要驿马，均不得。无奈之下，焦永只好骑母马行警檄事。后来塞尉放取回了母马和马驹，在塞尉放返回的途中，马驹一直跟随着母马。不知道走了多远，最后马驹死在了路途上的吞北隧。

甲渠候获最后的调查结论是：此次事件中焦永不应该为马驹之死承担任何责任，塞尉放身为政府官吏，擅自借用县官马，以坐藏罪论处。

从结案可知，原告塞尉放说马驹被困死在止害隧中是一面之词；被告焦永强调马驹是与塞尉放一起从止害隧所走，死在吞北隧，这应该是事实。

负责这起案件的获，姓粟。粟获是甲渠候官的一把手，亦称粟君。正是与客民寇恩打官司的这位甲渠候，他自己虽然对寇恩恶人先告状，但是在处理这起死驹案件中还是坚持秉公断案。（粟君之事见本章节第六节）

酗酒伤人

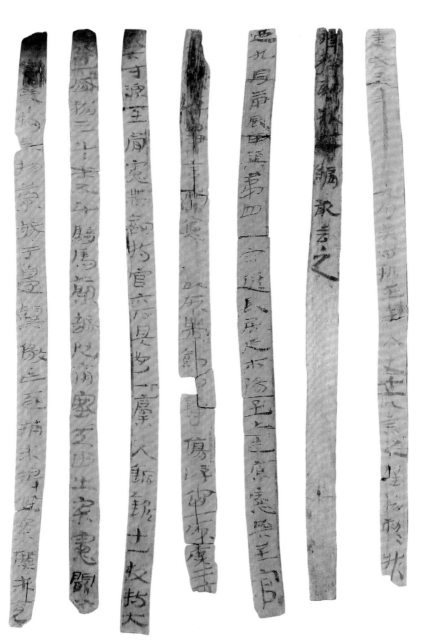

图 6-2 建武五年候长原宪劾状（一）

图 6-2　建武五年候长原宪劾状（二）

图 6-2　建武五年候长原宪劾状（三）

1974 年出土于居延甲渠候官遗址第 68 号探方中。木简 18 枚（出土编号：EPT68：13-28、42、79），除第 42 简下部烧残外，其余简较完整。完整者长 22 ~ 22.5 厘米，宽 1 ~ 1.2 厘米。简文连贯，唯第 42、第 79 两枚简是出土后根据内容联缀复原。该简册为劾状，主要内容是第四守候长原宪和主官令史夏侯谭斗殴，原宪刺伤对方并持官物越塞天田出逃，甲渠候官令史周立举劾原宪。该劾状的出土为研究边塞吏卒的日常生活和管理提供了重要资料。现藏甘肃简牍博物馆。

简牍释文

建武五年九月癸酉朔壬午，令史立敢言之。谨移劾，劾状一编，敢言之。乃九月庚辰，甲渠第四守候长、居延市阳里，上造原宪，与主官夏侯谭争言斗，宪以所带剑刃击伤谭匈一所，广二寸，长六寸，深至骨。宪带剑，持官六石具弩一、橐矢铜镞十一枚，持大□橐一、盛糒三斗、米五斗、骑马兰越隧南塞天田出。案：宪斗伤、盗官兵、持禁物，兰越于边关儌亡，逐捕未得，它案验未竟。建武五年九月癸酉朔壬午，甲渠令史立劾，移居延狱，以律令从事。上造，居延累山里，年卌八岁，姓周氏，建武五年八月中除为甲渠斗官食令史，备寇虏盗贼为职。至今月八日，客民不审。让持酒来，过候饮。第四守候长原宪诣官，候赐宪、主官谭等酒，酒尽，让欲去，候复持酒出之堂煌上，饮再行，酒尽，皆起。让与侯史候□人。谭与宪争言，斗，宪以剑击伤谭匈一所，骑马驰南去。候实时与令史立等逐捕，到宪治所，不能及。验问隧长王长，辞曰：宪带剑，持官弩一、箭十一枚、大革橐一、盛糒三斗、米五斗，骑马兰越隧南塞天田出，西南去。以此知而劾，无长吏教使劾者，状具此。九月壬午，甲渠候□移居延，写移书到，如律令。令史立□。

酗酒斗殴出逃记

下午时分，正在烽隧干活的隧长王长听到外面一阵急促的马蹄声。

原来是甲渠候官的最高军事长官候缪欣和下属令史立。他们询问王长是否看到过原宪，王长指着门外说："往西南方向去了。"

胡杨林里，原宪跳下马背，蹲在地上，眼里满是惊慌。

此事说来话长……

大漠戈壁的弱水河畔，芦苇渐黄，九月天气渐凉，一个叫贾让的人抱着一坛酒往甲渠候官走去。他与甲渠候官刚任命的一把手缪欣是多年好友。缪欣高升，自然要好好庆贺一番，于是两人约好抽个时间一起喝个小酒，畅想一下未来。

贾让与缪欣二人在里屋的办公室喝着酒。忽然门帘掀起，进来一人。他叫夏侯谭，因为前段时间收受赃物被罢免了主官令史一职，今天正好前来与新任命的令史立交接工作。

图 6-3　居延新简"酒"字

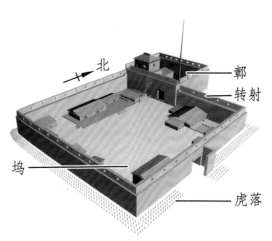

图 6-4　甲渠候官复原示意图

北　郭　转射　坞　虎落

正在这时，又闯进一人，原来是第四守候长原宪。他正好来候官汇报工作。候缪欣今天心情大好，难得大家聚在一起，一高兴，就叫原宪和夏侯谭留下一起喝酒。

大家推杯换盏，不一会儿饮完了一坛酒。贾让起身抱拳，说："先行别过。"正欲转身，候缪欣说："别走，我还藏有一坛好酒，抱出来尝尝。"于是候缪欣从床下抱出一坛酒，此时门帘又被掀开，原案候史有事来找候缪欣。候缪欣高兴地说道："好呀，走！到大堂去喝。"

一众人来到大堂，一会儿就把一坛酒喝光了。大家都站起来准备相互作揖离别。就在这时，不知为何，原宪与夏侯谭突然争执起来，二人越说越激动，双方拔出剑来，跳到院里就打了起来。原宪一剑刺穿了夏侯谭的胸口。原宪一看出了人命，夺门而出，跳上马背，急驰而去。

目睹此幕，刚才还醉醺醺的候缪欣才反应过来，急忙让戍卒们给夏侯谭包扎，并叫上令史立骑马一起去追捕原宪。

大漠深处，残阳如血。如果没有简牍的记载，还有谁曾知道，两千年前这里曾发生过一桩因饮酒而酿成的惨案。

图 6-5　斗剑图

一名基层公务员的宦海沉浮

1974 年出土于居延甲渠候官遗址第 68 号探方中。木简 12 枚（出土编号：EPT68：1-12）。各简完整，均长 22.5～23 厘米、宽 1～1.3 厘米。主要内容是甲渠候官主官令史夏侯谭举劾甲渠候官第四部百石士吏冯匡"软弱不任吏职"的劾状。该劾状的出土，对研究居延边塞基层吏卒的基本职守、任职条件以及罢免程序具有重要参考价值。现藏甘肃简牍博物馆。

简 牍 释 文

建武五年五月乙亥朔丁丑，主官令史谭敢言之，谨移劾状一编，敢言之。甲渠塞百石士吏居延万岁里公乘冯匡，年卅二岁，始建国天凤上戊六年三月己酉除，署第四部，病欬短气，主亭隧七所斥呼，七月壬辰除，署第十部士吏冯匡软弱不任吏职，以令斥免。五年五月乙亥朔丁丑，主官令史谭，劾移居延狱，以律令从事。·状辞：公乘，居延鞮汗里，年卌九岁，姓夏侯氏，为甲渠候官斗食令史，署主官，以主领吏，备盗贼为职。士吏冯匡，始建国天凤上戊六年七月壬辰除，署第十部士吏。案：匡软弱不任吏职，以令斥免。五月丁丑，甲渠守候博移居延，写移如律令。/掾谭。

图6-6　斗剑图建武五年士吏冯匡劾状（一）

图 6-6　建武五年士吏冯匡劾状（二）

士吏冯匡

西汉哀帝元寿元年（前2年），张掖郡居延县万岁里一户冯姓人家降生了一个男婴，他的父母给他取名"匡"。

居延边塞地热多沙，冬大寒，大漠戈壁粗砂砾石，朔风漫卷，烽火满天。冯匡自小身体强健，又在边塞军营耳濡目染，习得一身武艺。居延地处汉匈边境，是一个军事防御区域，屯田戍守，耕战一体。如果没有特别的原因，冯匡会在成年后征召入伍，开始他的戍边生涯。

我们不知道冯匡是在哪一年入伍的，但是根据简文的记载可以知道，王莽新朝始建国天凤六年（19年），冯匡已经活跃在居延边塞了。时年21岁的冯匡身体强健，他已是甲渠候官第四部第三隧的隧长。

图6-7 佩剑武吏图

图6-8 肩水金关马行图

天凤六年的闰月乙亥日，冯匡接到都尉府调令，要求他到止北隧补缺，任隧长。此时冯匡正处于强健机敏的青年时期，这就意味着他具备胜任边塞艰辛戍守工作的身体条件。此时的冯匡充满干劲，他早出晚归，操心着隧上的各种戍役杂作之事。

他认真的工作态度和出色的办事能力，得到了甲渠候官候的认可，在止北隧干了不到半年，天凤六年的七月壬辰（19 年 8 月 10 日），冯匡又被任命为第十部士吏，秩次百石。他的爵位也升到了公乘，这是民爵中的最高级别了。

由于简文阙载，我们不知道两年后 23 岁的冯匡为什么突然被撤士吏一职，降职为甲渠候官第十部第十三隧的隧长。

这一年的冯匡凭借强健的身体条件获得了甲渠候官"伉健"的考评结果，说明此时冯匡并没有生病或出现其他身体状况，降职以后继续他的基层工作。在任第十三隧的隧长期间，他的日常工作有巡视天田、打水井、汲水、伐茭喂马、除沙、堆积薪、打扫狗笼、制作烽表器具、维修门框等，戍务劳作异常艰辛。

河西边塞对吏卒的考核条件里，功和劳是最重要的考核依据，吏卒的升迁需要核算一定时期内的功和劳各是多少。劳是戍边吏卒任职时一天一天积攒下来的工作天数，积累到一定数量可以折算成功，作为年终考核和职务升迁的量化条件。新莽时期的居延没有匈奴的大规模侵扰，几无战事，所以冯匡只能通过每日累积功、劳来获得升迁的机会。每年由居延都尉府组织的秋射考核是武职的冯匡积攒功、劳的另一种方式。冯匡精通箭术，每年在秋射中都能取得优异成绩。

当时中原的时局动荡不安，他先后经历了新莽的灭亡，河西窦融集团的管治，最后又随窦氏集团奉光武帝刘秀为正统。总之，中原的激荡也波及遥远的居延边塞。身处这个时代的冯匡在日复一日的单调生活中也有所感受。

图 6-9 　大湾城马行图

　　不知何年，冯匡又重新被任命为士吏，直到建武五年（29年）。建武五年五月乙亥朔丁丑（29年6月3日）这天，已经在士吏这个职务干了多年的冯匡突然接到了由甲渠候官最高长官候博签署的罢免令，罢免令上说冯匡"软弱不任吏职"，故依令罢免。

　　我们目前仅能从残简中的只言片语来推测冯匡被罢免的原因，从简文记载可知，两年前（建武三年）甲渠塞尉放曾擅自将官马借与他人，导致随行的小马驹死亡，为此塞尉放被定"坐藏为盗"罪受到惩处以儆效尤。在这起事件中，冯匡也脱不了干系，因为是塞尉放安排他去给借马的当事人焦永打的招呼。当时只处罚了塞尉放，并没有撤士吏冯匡的职务。虽然如此，冯匡心里一直很忐忑，所以在接到这个罢免令时他倒显得很平静，因为他知道罢免是早晚之事，早在两年前就差点被免去。

　　被罢免后的冯匡去了哪里，他的余生如何度过，我们不得而知。

夜采胡芋迷途记

图6-10　建武六年赵良劾状（一）

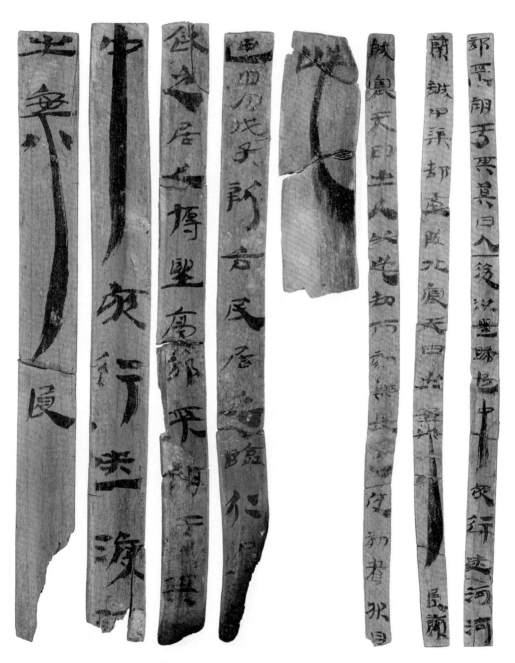

图 6-10 建武六年赵良劾状（二）

文物简介

1974年出土于甲渠候官遗址第68号探方中。木简16枚（出土编号：EPT68：29-40、47-50）。完整者长22.5～23厘米，宽1～1.2厘米。主要内容是甲渠守候长昌林举劾边民赵良因采挖野菜迷路，兰越塞天田被捕后送居延县监狱的劾状。

劾状全文是出土后根据劾状的内容和格式复原的，中间可能有缺简，但基本内容是清楚的。该文书的出土，为研究边塞防御体系和民众生活提供了生动材料。现藏甘肃简牍博物馆。

简牍释文

建武六年四月己巳朔戊子，甲渠守候长昌林敢言之。谨移劾状一编，敢言之。建武六年四月己巳朔己丑，甲渠候长昌林劾，将良诣居延狱，以律令从事。四月己丑，甲渠守候移居延，写移如律令。状辞皆曰：名、爵、县、里、年、姓、官禄各如律，皆□迹候备盗贼寇虏为职。乃丁亥，新占民居延临仁里。赵良兰越塞，验问良，辞曰：今月十八日，毋所食，之居延博望亭部采胡子，其莫日入后，欲还归邑中，夜行，迷河河。兰越甲渠却适隧北塞天田出。案：良兰越塞天田出入，以此知而劾，无长吏使劾者。状具此。乃四月戊子，新占民居延临仁里赵……食，之居延博望亭部采胡子，其□……中夜行，迷渡河。出。案：良……

阅牍延伸

一、塞天田

边塞的设立有两重用意，一是防止匈奴等族的入侵，二是防止汉人的外逃。汉代边塞建立了严格的徼巡制度，各亭隧吏卒轮流值勤，每天沿着边塞巡察，检视天田，防止有人非法穿越边塞天田外逃。吏卒巡视

图 6-11　天田遗迹

边塞的情况详细记录于日迹簿，每个月逐级上报、汇总，是保证徼巡制度有效执行的重要手段。遇有逃亡事件，戍边吏卒需要搜索所管辖地段，协助搜捕。边塞徼巡制度对内可以协助控制社会治安，对外可以防止匈奴等敌对力量的侵扰、掳掠，为维护封建政权的稳固发挥着重要作用。

二、夜采胡芋迷途记

在汉代居延破城子遗址（即居延甲渠候官治所）出土了一卷简册，上面详细记载了一名叫赵良的戍卒夜里到塞外的弱水河里采胡芋，因天色已晚而迷路，后来被候望戍卒发现的一件往事。从当事者的自述可知居延边塞人们生活的艰辛。

东汉建武六年四月己巳朔戊子（30 年 6 月 10 日），临时担任甲渠候长的昌林写了一份上报居延都尉府的劾状文书。这是一份有关赵良私自兰越塞天田受到追查案件的上报文书。

在甲渠候官的认真问询之下，核实了赵良的姓名、爵位、户口所在地、职务、月俸等基本情况。

赵良，男，居延临仁里人氏。他前不久才申报了居延县的户口，户籍地为临仁里。成为编户齐民后，赵良也分有一片田地从事耕种。但这仅是他屯戍劳作的一部分，他还是一名军人，需要戍边役作。

居延地处北边汉朝和匈奴边境，属于汉朝的重点防御地区，故边塞耕战结合，赵良还需在居延边塞从事侦伺、候望、防备盗贼的勤务工作。他是新来的人，有一份工作，有收入，按常理来说是不会私自偷越边塞的。但在四月十九日那天，在烽隧候望的戍卒发现赵良偷越塞天田，将其抓捕了起来。

新上任的甲渠候长昌林让人把赵良押到甲渠候官，亲自审问赵良。

赵良说："四月十八日那天，家里实在是揭不开锅了，为了给家人找点填肚子的东西，才到了居延的博望亭部，因为我听说那边河里有可食用的野生胡芋。为了多采集一些，我就越走越远，没意识到天已经黑了。当时，我想返回邑中，但是我刚到居延地区不久，对这里的地形情况不熟悉，加之伸手不见五指，河水又凉，在河里我就辨不清方向了。好不容易爬上岸，迷迷糊糊地走了一会儿，就被戍守的士兵发现了，说我私自偷渡塞天田。情况就是这样的。"

甲渠候长昌林在了解了事情的来龙去脉后，大概也只能对赵良表示同情。但是私自兰越塞天田是很严重的案件，故昌林最后说："按律，我也只能立刻把你押解到居延县狱去的！"为了让居延县狱充分了解事件，昌林在劾状里向居延县府详呈了此次事件的原委。

工作中的斗殴

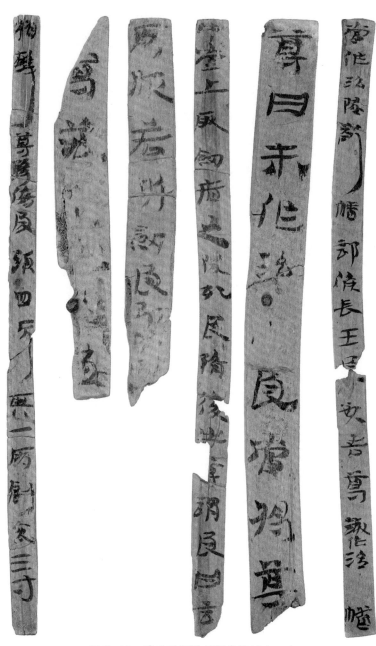

图 6-12　建武五年隧长王尊劾状（一）

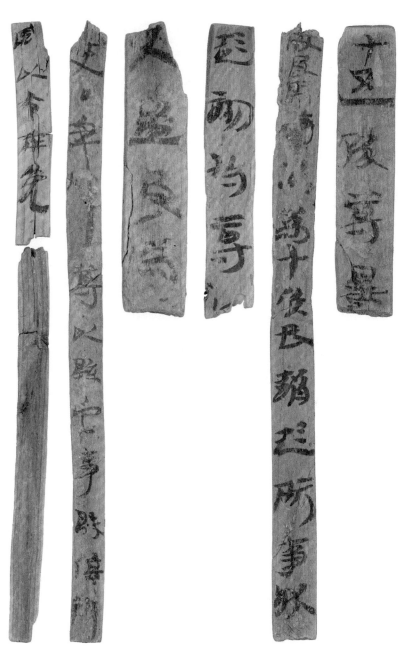

图 6-12　建武五年隧长王尊劾状（二）

1974年出土于甲渠候官遗址第68号探方内。木简12枚（出土编号：EPT68：167-178）。完整者22.3～23厘米，宽1～1.3厘米。出土时已散乱，现在的简册次序是出土后根据内容、格式和书体复原的。内容是候长王良督促隧长王尊作治靳幡而王尊不服，并与之械斗。王尊用剑刺伤王良后逃至第十候长赵彭处，赵彭对王尊进行举劾。现藏甘肃简牍博物馆。

简牍释文

当作治隧靳幡，部候长王良数告尊，趣作治幡。尊曰：未作治。良当将尊。中堂上取剑盾之隧外，良隋（随）后出，尊谓良曰：言所服，若拔剑。良即取所□。尊装先出之隧。相击，尊击伤良头四所，其一所创衺三寸。十五隧，尊署。□取良马骑之第十候长赵彭所，事状，彭劾将尊□，吏盗良马。吏·案尊以县官事贼伤辨，职以令斥免。

阅牍延伸

一、居延边塞官吏任免

首先介绍一下该简册中涉及的各级官府和官员的级别以及管辖范围。居延边塞的管理体系是按照都尉府—候官—部—隧四级机构设置。各级机构官长分别是都尉（都尉府）、候（候官）、候长（部）、隧长（隧）。其中隧是塞防体系中最基层的塞防机构，隧长属于基层的斗食小吏。在居延边塞，基层官吏的任免是按照部→候官→都尉府逐级上报的。即任免权集中于都尉府，但对本候官的小吏，候有时具有任免权。从以往居延汉简反映的候官少吏的任免制度可知，吏职被免一般有四种原因：其一不称职；其二犯罪；其三病久不愈身体欠佳；其四家境贫寒，因此免职者特称"罢休"。该简册中高沙隧长王尊被免正是因为犯罪而被罢免。

二、工作中的斗殴

在居延边塞戍务特别繁重，工作条件差，环境恶劣。这些外在因素让人们在极度劳累和精神疲乏时易产生消极情绪，从而导致当事人与他人产生口角，甚至发生激烈的冲突。

这个故事中主角有三人：王尊，任高沙隧隧长；王良，任部候长；赵彭，任第十部候长。从级别上来说，王良是王尊的上级领导。

图 6-13　居延殄北候官遗址

事件的起因是部候长王良多次催促隧长王尊抓紧制作部所需要的靳幡物品。王尊则回复王良说："催什么催，还没有做好。"于是王良想把王尊扭送到治所去。王尊一怒之下，跑到隧所中堂之上取下剑、盾，来到隧外。王良随后跟着到了隧外。王尊对王良说"所服若拔剑"，意思可能是说："不服气，剑说了算！"于是王良也取出所携兵器，冲了上去。刀光剑影中王良与王尊二人开始一场恶斗。

王尊剑术较王良高超，几个回合下来，就把王良的头部刺伤了四处，从与此事件相关的卷宗记载可知，王良的伤，"其一所创袤三寸，三所创袤二寸半，皆广三分，深至骨"。王尊闯下祸事后，骑上王良的马驰往第十部候长赵彭的治所，告知了刚才他和王良之间的斗殴之事。

后来的情况不甚清楚，但从劾状文书中可知，上级在追查定案时将王尊骑王良之马的事定性为"吏盗良马"。最后的处理结果是王尊因为公事与王良争斗，打伤王良，属于"贼伤"，依令罢免了王尊的职务。

一宗官民之间的经济纠纷案

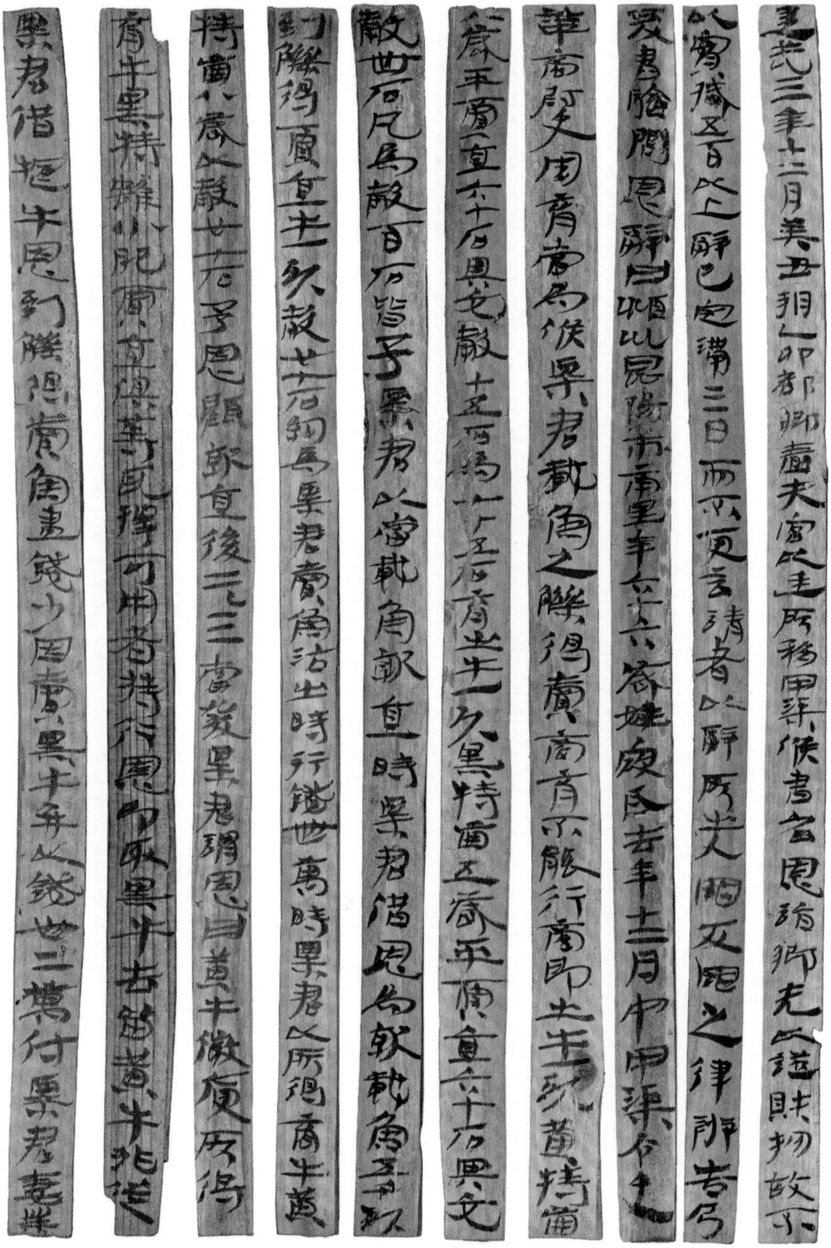

图 6-14　候粟君所责寇恩事（一）

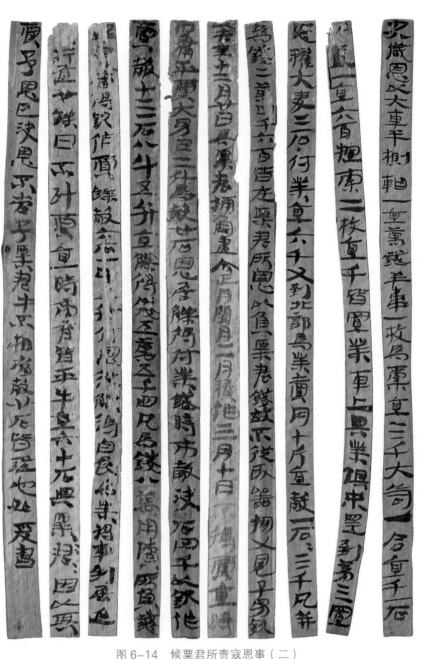

图 6-14　候粟君所责寇恩事（二）

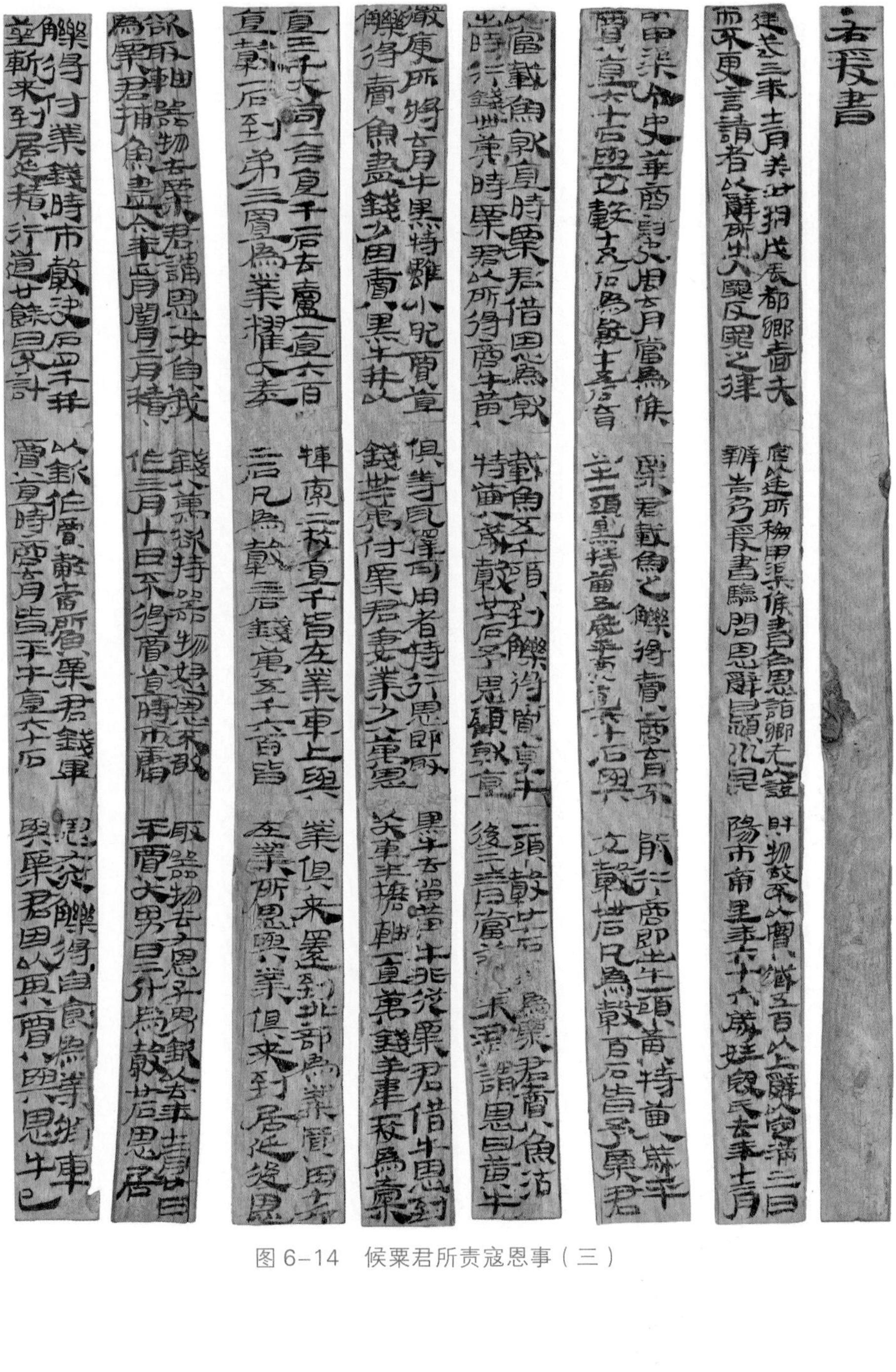

图 6-14　候粟君所责寇恩事（三）

第六章

官司纠纷

119

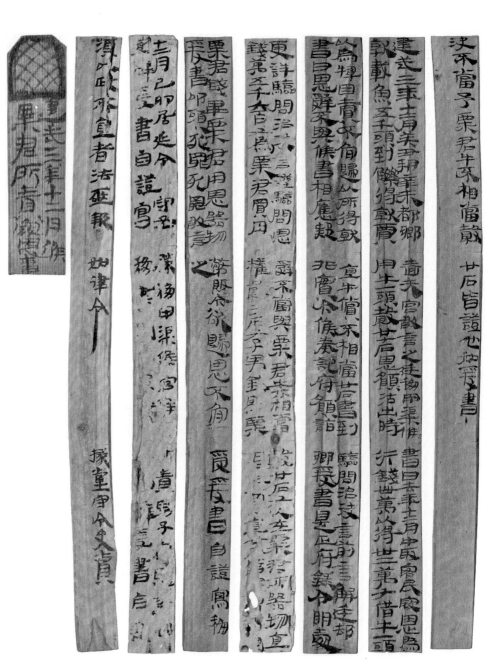

图 6-14　候粟君所责寇恩事（四）

文物简介

1974 年出土于甲渠候官遗址第 22 号房址内。木质简牍 36 枚（出土编号：EPF22：1-36）。其中一枚简上书"右爰书"，标明此卷宗是爰书，即司法笔录。该简册一共有三份司法笔录文书。一份爰书是单行书写，木简 21 枚，长 22.8 厘米，宽 1.2 厘米；另两份爰书是两行书写，计 14 枚，长 22.5 厘米，宽 2 厘米。两道编绳，绳已朽坏不存。最后一枚是卷宗签牌，书"建武三年十二月候粟君所责寇恩事"。该简册全文 1526 字。内容是东汉建武初年甲渠候官候粟君和客民寇恩之间发生的一宗经济纠纷案。该简册是一份完整的司法文书，内容涉及军事、民政、法律、经济等各方面内容，是研究东汉初年河西居延边塞的重要文献。现藏甘肃简牍博物馆。

简牍释文

建武三年十二月癸丑朔乙卯，都乡啬夫宫以廷所移甲渠候书召恩诣乡，先以证财物故不以实，臧五百以上，辞已定，满三日而不更言请者，以辞所出入罪反罪之律辩告。乃爰书验问，恩辞曰：颍川昆阳市南里，年六十六岁，姓寇氏。去年十二月中，甲渠令史华商、尉史周育当为候粟君载鱼之觻得卖。商、育不能行。商即出牛一头，黄、特、齿八岁，平贾直六十石，与它谷十五石，为谷七十五石；育出牛一头，黑、特、齿五岁，平贾直六十石，与它谷四十石，凡为谷百石，皆与粟君以当载鱼就直。时，粟君借恩为就，载鱼五千头到觻得，贾直牛一头，谷廿七石。约为粟君卖鱼沽出时行钱卌万。时粟君以所得商牛黄、特，齿八岁、以谷廿七石予恩顾就直。后二三[日]当发，粟君谓恩曰：黄牛微庚（瘦），所得育牛黑、特，虽小、肥，贾直俱等耳，择可用者持行。恩即取黑牛去，留黄牛，非从粟君借犅牛。恩到觻得卖鱼尽，钱少，因卖黑牛，并以钱卅二万付粟君妻业，少八岁（万）。恩以大车半椯轴一，直万钱；羊韦一枚为橐，直三千；大笥一合，直千；一石去卢一，直六百；犅索二枚，直千，皆置业车上。与业俱来，还到第三置，恩籴大麦二石付业，直六千；又到北部，为业卖（买）肉三十斤，直谷一石，石三千，凡并为钱二万四千六百，皆在粟君所。恩以负粟君钱，故不从取器物。又恩子男钦以去年十二月廿日为粟君捕鱼，尽今正月、闰月、二月，积作三月十日，不得贾直。时，市庸平贾大男日二斗，为谷廿石。恩居鰈得付业钱时，市谷决石四千。以钦作贾谷十三石八斗五升，直鰈得钱五万五千四，凡为钱八万，用偿所负钱毕。恩当得钦作贾余谷六石一斗五升付。恩从鰈得自食为业将车到居延，[积]行道廿余日，不计贾直。时，商、育皆平牛直六十石与粟君，粟君因以其贾予恩，已决。恩不当与粟君牛，不相当谷廿石。皆证，它如爰书。

右爰书建武三年十二月癸丑朔戊辰，都乡啬夫宫以廷所移甲渠候书召恩诣乡，先以证财物故不以实，臧五百以上，辞以定，满三日而不更言请者，以辞所出入罪反罪之律辩告。乃爰书验问。恩辞曰：颖川昆阳市南里，年六十六岁，姓寇氏。去年十二月中，甲渠令史华商、尉史周育当为候粟君载鱼之鰈得卖。商、育不能行。商即出牛一头，黄、特、齿八岁，平贾直六十石，与交谷十五石，为谷七十五石；育出牛一头，黑、特、齿五岁，平贾直六十石，与交谷卌石，凡为谷百石，皆予粟君，以当载鱼就直。时，粟君借恩为就，载鱼五千头到鰈得，贾直牛一头、谷廿七石，约为粟君卖鱼沽出时行钱卌万。时粟君以所得商牛黄、特、齿八岁，谷廿七石予恩顾就直。后二、三日当发，粟君谓恩曰：黄牛微庾（瘦），所得育牛黑、特，虽小，肥，贾直俱等耳，择可用者持行。恩即取黑牛去，留黄牛，非从粟君借牛。恩到鰈得卖鱼尽，钱少，因卖黑牛，并以钱卅二万付粟君妻业，少八万，恩以大车半枕轴一，直万钱；羊韦一枚为橐，直三千；大笥一合，直千；一石去卢一，直六百；曼索二枚，直千；皆在业车上。与业俱来，还到北部，为业买肉十斤，直谷一石。到第三置，为业籴大麦二石，凡为谷三石、钱万五千六百，皆在业所。恩与业俱来到居延，后恩欲取轴器物去，粟君谓恩："汝负我钱八万，欲持器物？"怒。恩不敢取器物去。又恩子男钦以去年十二月廿日为粟君捕鱼，尽今正月、闰月、二月，积作三月十日，不得贾直。时，市庸平贾大男日二斗，为谷廿石。恩居觻得付业钱时，市谷决石四千。并以钦作贾谷当所负粟君钱毕。恩又从觻得自食为业将车莝斩来到居延，积行道廿余日，不计贾直。时，商、育皆平牛直六十石与粟君，因以其贾与恩，牛已决，不当予粟君牛，不相当谷廿石。皆证，它如爰书。建武三年十二月癸丑朔辛未，都乡啬夫宫敢言之。廷移甲渠候书曰：去年十二月中，取客民寇恩为就，载鱼五千头到觻得，就贾用牛一头、谷廿七石，恩愿沽出时行钱四十万，以得卅二万。又借牛一头以为辇，因卖不肯归以所得就直牛，偿不相当谷廿石。书到，验问，治决言，前言解。廷邮书曰：恩辞不与候书相应，疑非实。今候奏记府，愿诣乡爰书是正。府录令明处，更详验问，治决言。谨验问，恩辞：不当与粟君牛，不相当谷廿石。又以在粟君所器物直钱万五千六百；又为粟君买肉、籴谷三石；又子男钦为粟君作，贾直廿石。皆 [尽偿所负] 粟君钱毕。粟君用恩器物币败，今欲归，恩不肯受。爰书自证。写移爰书，叩头死罪死罪敢言之。十二月己卯，居延令　　守丞胜移甲渠候官。候 [所] 责男子寇恩 [事]，乡置辞，爰书自证。写移书到□□□□□辞，爰书自证。须以政不直者法，亟报，如律令。掾党、守令史赏。建武三年十二月候粟君所责寇恩事。

图 6-15　黑水国北城

东汉初年，张掖郡居延边塞甲渠候官之候名粟君的官员向县府递了诉纸，状告一个拉牛车的客民欠了他一头牛。县府经过案验调查，最终裁定身为候职的粟君败诉，认定粟君"为政不直"。

图 6-16　内蒙古额济纳旗 K749 城北 4.5 公里的汉代居民点的水井与磨盘

主要人物：

寇恩，颖川郡昆阳市南里人氏，年龄 66 岁，身份是客民（从外地来到居延谋生之人）。寇恩是个赶大车的，他自己有一辆牛车，平时就靠给人拉货挣点雇佣费用，以养家糊口。

粟君，居延甲渠候官的最高官长，官职是候。故事中称"候粟君"，候是官职，粟是姓，君是尊称。从其他简文中知全名叫"粟获"。

次要人物：

钦：寇恩的儿子。在寒冬里帮粟君捕鱼整整一百天。

业：粟君的老婆。和寇恩一起赶着牛车拉着鱼去觻得县卖鱼。

宫：居延县都乡啬夫，负责此次司法问询笔录。

群众：

华商：甲渠令史，候粟君的部属。因为不能帮粟君卖鱼，所以出了一头黄牛和若干谷子。

周育：甲渠尉史，候粟君的部属。和华商一样，出了一头黑牛和若干谷子给粟君。

事件经过：

东汉建武二年的一天早上，居延县廷收到来自甲渠候官最高长官候粟君的一份诉状，告客民寇恩欠债不还。县廷办事人员深知此事重大，立即启动司法调查程序，令寇恩居住地居延县都乡啬夫召寇恩问话，笔录问询，限期上报。

按汉律，原告、被告、证人在笔录问询前均需向办案人员誓言，保证所说的一切都是事实，无虚言谎话，若所涉财物不实，当罚五百钱，证词当公示三日，三日之后，不得再行更改。寇恩作为被告，发誓句句属实，若有不实，愿受责罚，并向问询的乡啬夫陈述了事件的来龙去脉。

据寇恩的"自证"词，他与候粟君产生纠纷的经过是：

建武二年十二月，甲渠候官的最高长官候粟君找到长期从事拉大车的寇恩，说要雇用寇恩的牛车载鱼，鱼总共有五千条，需要从居延县拉到几百里外的张掖郡治觻得县去贩卖。据粟君说，本来应该是由他的两个下属令史华商和尉史周育负责拉鱼去卖的，但是华商和周育二人因故不能去，所以二人分别出了一头黄牛和黑牛，以及谷子五十五石给粟君（为什么会有这种事情，简文并没有交代）作为不能出行的抵付。寇恩答应帮粟君拉鱼去卖。

图 6-17　弱水（黑河）裸鲤标本

粟君以先前从令史华商处所得黄色八岁公牛一头，谷廿七石付给寇恩作为工钱，当时约定寇恩拉鱼到觻得卖出后价格要达到四十万钱（若达不到这一数目，不足部分要寇恩补偿）。

临行前两三天，粟君又对寇恩说，先前自己所付给寇恩作为工钱的黄牛有点瘦，自己另有一头从尉史周育处所得黑色五岁公牛，虽然小一点，但膘肥体壮。你自己挑选一头去拉车吧，两头牛的价格是一样的。这样，寇恩就挑选了黑牛用来拉车，然后把黄牛还给了粟君（注意，按照之前的约定，寇恩并不是借了粟君的牛，仅仅是交换而已）。

收拾妥当后，寇恩就随同粟君的妻子业一起拉着鱼到了觻得，卖完了鱼。一合计，此次五千条鱼并没有卖到所约定的四十万。寇恩没办法，就把黑牛卖了，合计三十二万钱交付给粟君的妻子业，但是还是比事先约定的数目少八万。当时寇恩可能想以儿子钦为粟君捕鱼三个多月的工钱相抵销。

回到居延以后，寇恩到粟君家想取回寄放在粟君车上的车轴、羊皮袋等器物，粟君以寇恩尚欠他八万钱为由，不肯给寇恩。寇恩害怕，也就不敢再向粟君索要了。

后粟君向县廷告状，要求寇恩归还所借牛一头。在调查过程中发现候粟君与寇恩二人的证词存在诸多不一致的地方，为此县廷要求都乡啬夫宫进行复核。

寇恩以实相告，并据理力争，认为自己被粟君所扣押的车轴等器物值一万五千六百，一路为粟君妻子业买肉、籴谷所用钱值谷三石，还有自己的儿子钦为粟君捕鱼三个月又十日，价值谷二十石，若以当时市价谷每石四千钱计，早已超过自己所欠粟君八万，这还不算自己为粟君妻业从觻得拉车到居延二十多日的工钱。而牛的问题实际上是当初以自己所得作为工钱的牛和粟君的牛进行了交换，价值相等，并不是借了粟君的牛，不存在赔偿的问题。因此，他不应当再赔给粟君牛一头。

最后，县廷依据都乡啬夫所报的爰书对案件进行了判决，裁定粟君"政不直"，并通报甲渠候官。

第七章

宦海浮沉

未按期归还器物怎么办

1974 年出土于居延甲渠候官。简册现存木牍两枚（出土编号：EPT59：1-2），其中 1 号木牍形制完整，牍长 23 厘米，宽 2.5 厘米，厚 0.4 厘米；2 号木牍上部残断，文字有缺失，牍长 20 厘米，宽 2.6 厘米，厚 0.4 厘米。两牍均为松木。两道编绳，木牍编绳处左右两边均有契口，从两牍文字书写留空可知简册为先编后写，编绳已不存。现存字 165 个，标准隶书，字迹清晰。该简册是不侵部的守候长孙猛给甲渠候官的上报书，记载了衣严初除为不侵候史之后未配备追逐器物，自到塞尉处领取器物却未按期归返的事情。木牍内容为研究汉代边塞戍卒的防御器备和日常管理提供了参考材料。现藏甘肃简牍博物馆。

河平元年九月戊戌朔丙辰，不侵守候长士吏猛敢言之，谨验问不侵候史严。辞曰：士伍居延鸣沙里，年卅岁，姓衣氏，故民。

图 7-1　不侵守候长士吏猛上书

图 7-2　不侵守候长士吏猛上书红外图片局部

今年八月癸酉除为不侵候史，以日迹为职。严新除未有追逐器物。自言尉骏所曰：毋追逐物。骏遣严往来毋过……□日且入时严归，以戊申到郭东田舍，严病伤汗。即日移病书，使弟赦付覆胡亭卒，不审名字。己酉有……追逐器物，尽壬子积六日。即日严持绛单衣、甲带、旁橐、剌马刀凡四物，其昏时到部。严期一日还。

阅牍延伸

　　"河平元年九月不侵守候长士吏猛上言衣严事"该简册仅保存下来两枚，其中一枚上半部分残断文字有缺失。该简册是甲渠候官管辖下不侵部的守候长（注：本职为士吏）孙猛的上报文书。时间是汉成帝刘骜河平元年九月戊戌朔丙辰，即前28年11月3日。

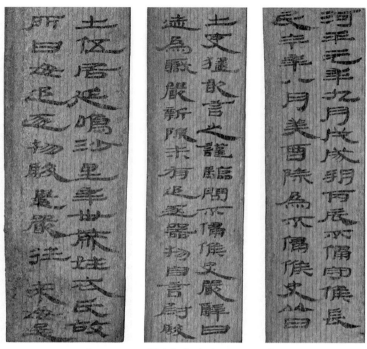

图 7-3　不侵守候长士吏猛上书局部

　　因为该简册有缺佚，且此二简是否属于顺序相联，亦不可知。这里仅就两枚简牍上的简文试加解读。该上报文书涉及的主要信息有：

　　衣严是张掖郡居延县鸣沙里人，三十岁。今年八月癸酉担任不侵部候史一职，其主要职责是巡视天田，察看有无偷越塞防线的人马足迹。衣严因为刚任命，没有配备追捕逃亡者的追逐器具，所以衣严就亲自跑到塞尉骏的住所，告诉塞尉骏他没有追逐器物。于是塞尉骏就派遣衣严"往来毋过"（注：含义不明）……戊申日天快黑时（注：日且入时）衣严才回到他的田舍。衣严的家在居延县东城外，回到家后衣严感染风寒。当天晚上衣严写了病假书，让他的兄弟衣赦将病书交付给覆胡亭的某名戍卒。当天黄昏时，衣严才带着绛红单衣、甲带、旁囊、刺马刀四件追逐器物到达不侵部所。之前约定衣严应该一日之内即当返归。

贫急软弱被免职

1974 年出土于居延甲渠候
官。简册由两枚木牍（出土编号：
EPT59：3-4）编联而成。两枚木牍
均为松木。3 号木牍长 22.8 厘米，
宽 2.3 厘米，厚 0.4 厘米；4 号木牍
长 22.7 厘米，宽 2.2 厘米，厚 0.4 厘
米。简册为两道编，编绳将木牍平均
分为三部分。木牍编绳处的左右两边
刻有三角形契口，简册编绳已不存，
两枚木牍上尚残存有编绳的压痕。简
册完整，木牍为两行书，墨书文字清
晰。简文为甲渠候官下辖不侵部试守
候长士吏孙猛给甲渠候官的上报文
书。此简册对研究居延边塞的军事塞
防巡视制度、部隧管理和罢免程序提
供了原始资料，具有重要研究价值。
现藏甘肃简牍博物馆。

图 7-4 河平元年九月不侵
守候长士吏猛上言杜未央事

131

河平元年九月戊戌朔丙辰，不侵守候长士吏猛敢言之：将军行塞，举驲望隧长杜未央所带剑刃生，狗少一。未央贫急、輭（软）弱、毋以塞举，请斥免。谒言官，敢言之。

河平元年九月丙辰（前28年11月3日），临时担任甲渠候官不侵部候长一职的士吏孙猛给甲渠候官的上报文书中说：将军在巡视塞防中发现不侵部驲望隧长杜未央所配备的剑生锈、烽隧上喂养的狗丢了一只，为此将军检举杜未央疏于职守，下令不侵部对杜未央加以处罚。孙猛认为，杜未央家庭非常贫困，为人懦弱，不必再以行塞所举劾加以处罚，请求候官直接罢免杜未央隧长一职即可。不侵部试守候长孙猛敢言之，谨上报甲渠候官。

被杖责五十大板的候史

文物简介

1974 年出土于甲渠候官遗址。该檄（出土编号：EPT57：108）形制特别，是用胡杨树枝制作而成。檄长 82 厘米，下端直径 3.5 厘米，上端 1.5 厘米。正背两面刮削写字，左右两侧未加刮治，还保存有树皮。檄文分 22 栏书写，逐条列举第十三、十四、十五、十六、十七、十八等隧的守御器损毁丢弃、防御设施废弛败弊的情况，十分详尽。檄文完整具体，对研究居延防线各部隧的防御设施及边防吏卒的管理制度具有重要意义。现藏甘肃简牍博物馆。

简牍释文

候史广德坐不循行部、涂亭、趣具诸当所具者，各如府都吏举。部糒不毕，又省官檄书不会会日，督五十。

候史广德，·第十三隧长菁：亭不涂，毋非常屋，毋深目，蓬少二，毋马牛矢，毋沙，毋芮薪，毋沙灶，表币，□宿少一，毋狗笼少一，□□毋□□，积薪皆卑，县索缓。

图 7-5　候史广德坐罪行罚檄

·第十四隧长光：亭不涂，毋非常屋，羊头石少二百，毋深目，马牛矢少十石，狗笼少一，表币，积薪皆卑少，天田不画，县索缓。

·第十五隧长得：·亭不马牛矢涂，蓬少一，毋深目，羊头石少二百，马牛矢少五石，·狗笼少一，积薪皆卑，天田不画，县索缓，笼灶少一。

·第十六隧长宽：亭不涂，回门坏，毋非常屋，坞无转猴，羊头石少二百，毋深目，毋马牛矢少十五石，积薪皆卑，天田不画，县索缓。

·第十七隧长常有：亭不涂，毋非常屋，羊头石少二百，毋深目，毋马牛矢，狗笼矢着，芮薪少三石，沙灶少一，表小币，积薪皆卑，天田不画，枪柱廿不坚，县索缓。

·第十八隧长充国：亭不涂，毋非常屋，蓬少一，蓬三币，毋深目，毋马牛矢，毋狗笼，毋芮薪，沙灶少一，表小币，笼灶少一，天田不画，县索缓，枪柱廿不坚，积薪六皆卑，小积薪少二。

阅读延伸

一、候史是什么职务

候史是候官之候派驻到各部的属吏，负责监察各部隧的各种戍务，其中重要的工作有监管所配备的守御器物如防攻器具、烽火信号物、警戒设施的完损。本檄书中的这位名广德的候史应该是受甲渠

图7-6 烽火台（肖从礼摄）

候官的候派驻至某部，负责监察这六个烽隧。候史广德由于未尽到监察之责而受到居延都尉府都吏的检举。

二、守御器

顾名思义，守御器就是专用于防守的器具。用于进攻的武器在汉简里多称为"兵"。守御器在《墨子·备城门》里有详细记载，很多和汉简记载可相互发明。墨子就曾用"钩距"守器九次防守了公输般采用云梯的进攻。这是一次战术模拟演练，结果让楚国打消了进攻宋国的念头，守御器的重要性可见一斑。此件檄书中所列诸物皆属于守御器。守御器从功能上可大致分为：马牛矢（屎）、沙、沙灶、羊头石属于防攻器；深目属于瞭望器；狗笼（警犬窝）属于报警类；芮薪属于燃火类；积薪、表、蓬属于信号类；非常屋属于掩体类；天田、悬索、柃柱属于侦迹类。

图 7-7 积薪

吞远隧的鼓

1974 年出土于居延甲渠候官遗址。木牍 6 枚（出土编号：EPF22：328-332、694），木质，均长 21 厘米，宽 1.8 厘米。时代为东汉初期。本册简制为两行，隶书，两道编。简 328 下部残断，简 332 上部残，文字模糊，其余简皆完整。该简册对研究汉代司法程序、爰书性质和相关律令具有重要参考价值。现藏甘肃简牍博物馆。

简牍释文

建武四年三月壬午朔丁酉，万岁候长宪……隧。·谨召恭诣治所，先以证县官城楼守衙（御）……

建武四年三月壬午朔己亥，万岁候长宪敢言之。官记曰：第一隧长秦恭时之俱起隧取鼓一，持之吞远隧。李丹、孙诩证知状。验问，具言前言状。

·今谨召恭诣治所，验而不更言请，辞所出入罪反罪之律辨告，乃爰书验问。恭辞曰：上造居延临仁里，年廿八岁，姓秦氏。往十余岁父母皆死，与男同产兄良异居，以更始三年五月中除为甲渠吞远隧长，代成则。恭属尉朱卿、候长王恭即秦恭到隧视事。隧有鼓一，受助吏时尚。鼓常县坞户内东壁，尉卿使诸吏旦夕击鼓，积二岁，尉罢去，候长恭斥免。鼓在隧。恭以建武三年八月中……□□□□□徙补第一隧长。至今年二月中女子齐通耐自言责恭鼓一，恭视事积三岁，通耐夫当未□□临责鼓等。将尉卿使执胡隧长李丹持当隧鼓诣尉治所，恭本不见丹持鼓诣吞……李丹、孙诩皆知状，恭不服取鼓爰书。

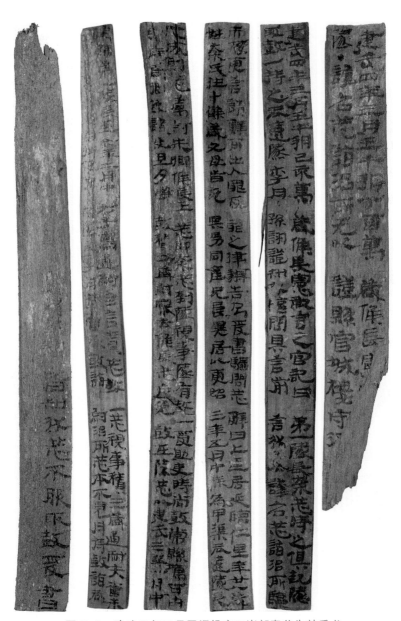

图 7-8 建武四年三月甲渠候官万岁部秦恭失鼓爰书

　　六枚简字迹相同，内容相关，属于同一简册，为万岁部上报候官的正式公文——关于第一隧长秦恭当赔偿守御器官鼓事的爰书。该爰书有两份，即丁酉和己亥爰书。爰书所记事情大致是万岁候长宪因甲渠候官下书，说甲渠候官第一隧隧长秦恭从俱起隧取鼓至吞远隧。李丹和孙诩二人知情，并作证。于是上级要求调查秦恭。秦恭自称，他于更始三年（25年）五月任吞远隧长，上任时鼓即悬挂在该隧坞内东壁，塞尉朱卿指派诸吏每天早晚击鼓鸣号，共二年。后来塞尉、候长皆罢职离去，鼓仍在该隧。建武三年（27年）八月秦恭徙补为第一隧长，离开了吞远隧。建武四年（28年）二月，女子通耐向官告发秦恭从其丈夫当之处取走鼓。秦恭任职三年后，是尉命执胡隧长从当所值守的烽燧（俱起隧）取鼓到吞远隧的，秦恭本人未亲见此事。秦恭坚称未从俱起隧取鼓。

未按时送达的檄书

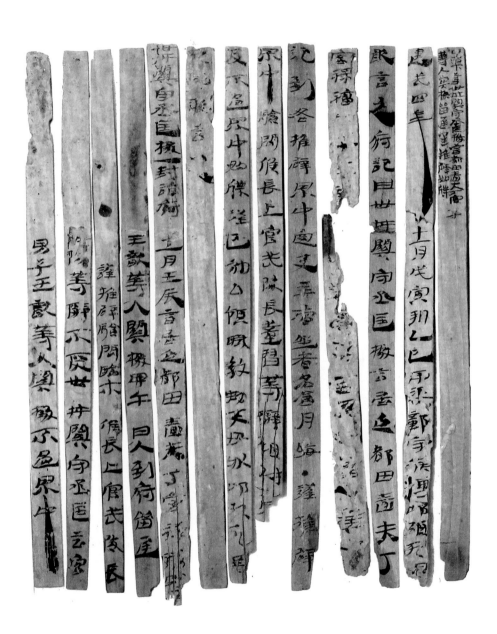

图 7-9　甲渠言丁宫等入关檄留迟推辟书（局部）

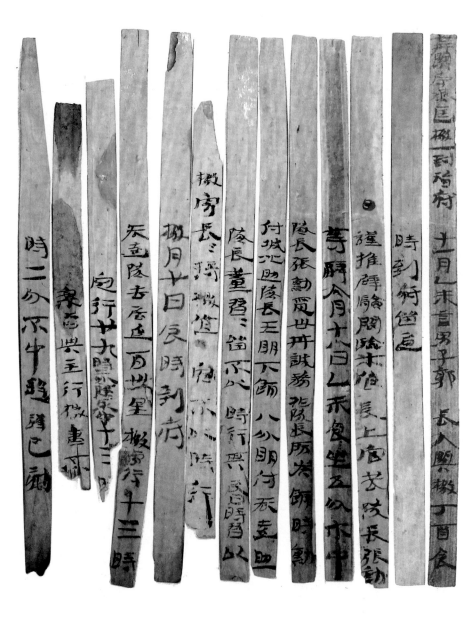

图 7-9　甲渠言丁宫等入关檄留迟推辟书（局部）

图 7-10　甲渠言丁宫等入关檄留迟推辟书（局部）

　　1974 年出土于居延甲渠候官遗址。木简 26 枚（出土编号：EPF22：125-150），均长 22 厘米，宽 1.1 厘米。诸简字迹相近，内容相关，属同一简册，部分简有残断。简文所记为甲渠鄣守候博对居延都尉府下发的追查丁宫等人传递文书留迟之事的呈文。此呈文应不止一份，其简序尚待调整。该册书对于研究汉代边塞的邮驿制度和行政管理具有重要价值。现藏甘肃简牍博物馆。

简牍释文

　　甲渠言：卅井关守丞匡檄言，都田啬夫丁宫等，薄入关檄留迟，谨推辟如牒：建武四年十一月戊寅朔乙巳，甲渠鄣守候博叩头死罪敢言之，府记曰：卅井关守丞匡檄言，居延都田啬夫丁宫、禄福男子王歆、郭长等入关檄留迟。后宫等到，记到，各推辟界中，定吏主当坐者名会月晦·谨推辟界中。验问候长上官武、队长董习等辞相付受……及不过界中如牒，谨已劾厶领职教敕吏毋状。叩头死罪死罪敢言之。卅井关守丞匡檄一封诣府，十一月壬辰言：居延都田啬夫丁宫、禄福男子王歆等入关檄，甲午日入到府，留迟。·谨推辟验问临木候长上官武、隧长陈阳等辞不受，卅井关守丞匡言宫、男子王歆等入关檄，不过界中。卅井关守丞匡檄一封诣府，十一月乙未言，男子郭长入关檄，丁酉食时到府。留迟·谨推辟验问临木候长上官武、队长张勋等辞，今月十八日乙未食坐五分，木中隧长张勋受卅井诚勢北隧长房岑，餔时勋付城北助隧长王明，下餔八分明付吞远助隧长董习，习留不以时行，其昏时，习以檄寄长，长持檄，道宿不以时行，檄月廿日食时到府。吞远隧去居延百卅里，檄当行十三时，定行廿九时二分，除界中十三时……案习典主行檄书不……时二分，不中程，谨已劾。

阅牍延伸

以上简文杂乱无序，难以确切理解事件的来龙去脉，这主要是因为这 26 枚汉简出土时就散乱了。根据汉简出土探方号、材质、形制、字体和内容等综合分析，可知这 26 枚汉简应当是同一件事情的数份文书。根据现存的混杂一起的文书档案记载，可粗略了解简册所记载事件的基本情况。

卅井候官所辖悬索关的守丞匡给都尉府先后发了两份檄书，汇报了两件事。一件是居延的都田啬夫丁宫、禄福县男子王歆未能在规定的时限内将檄书送达居延都尉府；另一件是男子郭长也未能及时将檄书送达府中。

需稍加解释的是：官府文书未能在规定的时间内送达称之为"留迟"，

按时送达则称之为"中程";特别紧急或极为重要的文书称之为"檄书",尤其需要保证准时送达。丁宫、王歆、郭长三人并未及时将檄书送达,所以居延都尉府开始层层追责。从简文记载可知,檄书途经的邮书线路上相关机构和经手人都被追查(推辟)。所涉及的人员除卅井候官下辖的部隧人员和悬索关守丞匡外,还有甲渠候官辖下的诸多部、隧吏员和驿卒多人。

从汉简记载可知,汉代邮书传递速度是一时行十汉里(一汉里约今415.8米)。简中记载"吞远隧去居延百卅里,檄当行十三时","定行廿九时二分,除界中十三时",意思就是指吞远隧距离居延都尉府一百三十里,十三时即可送达文书,但是此次檄书传递共用时二十九时二分。"案习典主行檄书不……时二分,不中程,谨已劾",意思是说董习身为隧长不按规定如期传送檄书,居然超时十六时二分,这就违反了邮书律的规定,现按律令已检举了隧长董习。

檄书延期的惩罚

文物简介

　　1974年出土于居延甲渠候官。共1枚（出土编号：EPF22：151），木质，长54.7厘米，宽2.3厘米，厚1.6厘米。整简由一根圆木条制成，上部削有斜坡面，写有文字。坡面下有一封检槽，封泥已不存，封检以下部分削成四面，每面写有文字。根据形制和简文判断，属于檄书。简文主要内容是居延都尉府下发至甲渠候官的通告。该檄对于研究汉代檄的形制类型、檄书的文本构成，以及檄书的传递方式等问题提供了实物和文献依据，有助于我们深入了解汉代居延边塞的管理制度。现藏甘肃简牍博物馆。

简牍释文

　　甲渠鄣候以邮行。府告居延甲渠鄣候：卅井关守丞匡十一月壬辰，檄言，居延都田啬夫丁宫、禄福男子王歆等入关檄，甲午日入到府。匡乙未复檄言，男子郭长入关檄，丁酉食时到府。皆后宫等到，留迟。记到各推辟界中，定吏主当坐者名，会月晦，有教。

图 7-11　都尉府下发至渠候官檄书

图 7-12　居延都尉下发至渠候官檄书（局部）

建武四年十一月戊戌起府。十一月辛丑，甲渠守候告尉谓：不侵候长宪等写移檄到，各推辟界中相付受，日时具状，会月廿六日，如府记律令。

閱牍延伸

为便于了解这封檄书记载的内容，我们先将檄书发出前的时间顺序罗列如下：

建武四年十一月壬辰（28年12月20日）：卅井关守丞匡上报第一份檄书；

建武四年十一月乙未（28年12月23日）：卅井关守丞匡上报第二份檄书；

建武四年十一月辛丑（28年12月24日）：甲渠守候某告知尉关于候长宪檄书一事；

建武四年十一月戊戌（28年12月26日）：居延都尉府发出该份檄书（起府），令甲渠候执行。

檄书是汉代用于传递重要文件、通报重大事件或传送紧急军情的文书。有些檄书还会插上羽毛，称为"羽檄"，提醒送信人要像鸟儿那样飞速传达，不得有误。居延出土的这件檄书的形制和簿籍文书简牍完全不同，这也说明了檄书具有与众不同的用途和功能。

这件长达50多厘米（约等于汉两尺三寸）的檄书是由居延都尉府下发给甲渠候官的。顶端削的坡形面上写的"甲渠鄣候以邮行"是对甲渠候官的负责人"候"（官职）提出的具体传达方式，要求甲渠候官的最高长官需亲自执行，将都尉府下发的檄书文件传达到涉及的机构和个人，并作出相应的处理。

一般情况下，文书邮件有专职的邮驿卒传送，或步行，或骑马。都尉府明令甲渠候官的最高长官要手拿长长的檄书，下到基层部门，挨个传达文件。这说明事关重大，上下各级都很重视，不敢丝毫懈怠。

图 7-13　驿使图

从檄书记载可知，这次檄书传达了两件事。一件是都尉府下达的对丁宫、王歆、郭长等三人未能在规定时间内将檄书送到都尉府的处罚通知，要求甲渠候务必在月底前处理完毕，以达到惩罚目的和教化作用。

146

另一件是居延都尉府要求甲渠候亲自到不侵部核实情况。因为，甲渠候官下辖的不侵部候长宪写了一份檄书，然后甲渠候官的某位代理候将檄书转告给尉，要求凡所涉及部门和人员均要进行调查，如邮书的交接双方、时间、地点等均要详细核实。上报时间定在本月二十六日前，所有程序均按都尉府的通知执行，依令行事。

这件都尉府下发至甲渠候官的檄书上面有个"回"字形的凹槽，即封检。一般情况下，视文书的轻重缓急，檄书上面的封检从一个到三个不等。这件檄书封检上的封泥已经掉落，但可以推测封泥上盖的应该是居延都尉的印章。这件檄书上面也没有公布相关机构、人员和处罚方式等信息，只是说应受到处罚的主要责任人的姓名已经确定下来了（即"定吏主当坐者名"）。看来除了这件长长的檄书外，居延都尉府可能还同时下发有一份正式的处罚通告，与檄书相辅。

留迟（檄书局部）　推辟（檄书局部）

图 7-14

第七章　宦海浮沉

图 7-15　封检（檄书局部）

隧长的病假条

　　1974年8月出土于甲渠候官遗址第22号房址内。全文由3枚（出土编号：EPF22:80-82）木牍组成，红柳，长22.5厘米，宽1.5厘米，厚0.2厘米。3枚木牍共81字，是一份完整的文件。该文书包括三项内容：一是城北隧长党因病向候长请病假；二是城北守候长匡将隧长党的病书上报候官；三是候官对前两件事的处理批示，上报都尉府请同意隧长党去就医治病。前两份文书以规整的汉隶写成，而候官的批示则比较潦草。这份文书对研究戍边吏卒的日常生活和疾病医疗具有重要意义，同时对研究基层军事单位的公文传递和有关程序有一定价值。现藏甘肃简牍博物馆。

图 7-16　建武三年隧长病书

建武三年三月丁亥朔己丑，城北隧长党敢言之：乃二月壬午病加，两脾雍种、匈胁支满、不耐食饮，未能视事，敢言之。三月丁亥朔辛卯，城北守候长匡敢言之：谨写移隧长党病书如牒，敢言之，今言府请令就医。

一、隧长病了

城北隧长党病了，但他一直带病在岗，拖到三月己丑日。他觉得自己实在撑不住了，无奈之下就给城北候长匡请假。他说七天前病情加重，并自诉"两脾臃肿，胸胁支满，不耐食饮"。"脾"当为"髀"字假借，两脾即两髀，两髀臃肿，意为两条大腿臃肿。《黄帝内经》有"人有体髀股胻皆肿，环齐而痛"，又有"胸中痛，胁支满"及"病胸胁支满者妨于食"的记载。城北隧长出现这些病症，最后导致无法视事，不能处理日常政务，不得不请假治病。两天后的三月辛卯，城北守候长匡向甲渠候官上报，候官批复，报都尉府请准予就医。

二、汉代的病假条

病书即病假报告，是汉代书檄类文书的一种。先由患者向所在部门呈递请假报告，写明病由，所在部门再逐级上报。该简册是病书原件的抄写上报件，其中分别记载了建武三年三月己丑（即三月初三日，27年4月27日），城北隧长党告病请假，接到病假报告后的三月初五日（辛卯），城北隧的上级部门城北部代理候长匡即做了此份抄写上报的文书，将其上报给甲渠候官。简末的左下方即甲渠候官做的批复，候官将隧长生病告假一事报给都尉府，请其允许隧长党就医。这件病书忠实地再现了汉代基层社会的文书格式，以及逐级上报的程序。在边塞生病请假会影响劳绩，在计算吏员工作业绩时会被记录下来，作为个人考课的重要依据。

第七章
宦海浮沉

三、干支纪日法

该病书中出现了三个日期，分别是"三月丁亥朔己丑""二月壬午""三月丁亥朔辛卯"，我们如何知道这三个日期隔了几天呢？这就需要我们了解古人的干支纪日法。

用干支记录历日的方式早在商代已经出现，在殷墟甲骨中就有干支六十甲子表的记录。最开始古人以十干记录一旬，后来配合十二地支，成为复式干支纪日法。从甲子开始到癸亥结束正好六十天。阴历月份计算根据月相变化存在大小月之分，大月30天，小月29天，每月初一日都是根据月相朔来确定，称为定朔。秦汉简牍中频繁记载的某月干支朔，其中干支朔代表的就是当月初一，以初一所在的干支为准来推定本月内某干支日为几号，进而通过与公历换算来确定准确的公历时间，则为今人了解古代纪日及学术研究提供帮助。

图 7-17 六十甲子甲骨文

消失的隧长和兵器

图 7-18 万岁部上报书

文物简介

1974 年出土于居延甲渠候官遗址。木牍 2 枚（出土编号：EPF22：61-62），长 22.4 厘米，宽 2.8 厘米。简文所记为甲渠候官万岁部候长宪上报甲渠候官书。现藏甘肃简牍博物馆。

简牍释文

建武三年七月乙酉朔丁酉，万岁候长宪敢言之，徙署乃癸巳视事，校阅兵物多不具。窦何辞：与循俱休田，循服六石弩一，槀矢铜镞百，铠、鞮瞀各一，持归游檠亭。循、何□……亭部不复与循会，证知者如牒。唯官簿出七月尽九月四时，叩头死罪敢言之。七月戊戌来。

阅牍延伸

此二简文义不完整，当有缺简。大意是建武三年七月乙酉朔丁酉（前27年9月2日），居延甲渠候官万岁部候长窦宪给上级部门甲渠候官写报告，说他在七月癸巳这天例行检查（视事）本部所辖烽隧塞防设施，发现有不少兵器和物品丢失了。窦何说：他与一位名叫循的人一起休田。循带了弩、箭、铠甲、头盔等兵器回到了游击亭。后来窦何再也没有见到过循了。证人证言都一一记录在牒书上了，等等。

为什么窦何与循从回到游击亭后就失联了？原来出大事了。看看下面简文记载：

第七隧长徐循今年四月中休田。持隧六石具弩一、槀矢铜鍭卌枚，乃六月一日胡虏……虏持循⌞弩、箭去，审万岁部建武三年六月胡虏所盗兵。

这个简册同样出自甲渠候官的房舍内（F22），简册名《万岁部建武三年六月胡虏所盗兵》，也不完整，但大致意思可以推测。简册大意是说万岁部第七隧的隧长徐循在四月中休田，归时持有六石具弩、槀矢铜鍭等。建武三年六月，胡虏跑到万岁部游击亭掳走了徐循，同时还偷了徐循带回来的弩、箭等兵物。为此万岁部专门就此事形成文书，登记被盗兵器。

我们将这两个简册放在一起分析，整个事情就比较清楚了。原来在东汉建武三年（前27年）六月一日，居延甲渠候官万岁部发生了一起严重的掳人盗抢事件。在这次事件中第七隧隧长徐循被一群胡虏掳走，同时还有一批弩、箭等兵器也被抢走。七月的时候，万岁部的长官候长宪例行检查时就万岁部所少兵器的情况质询窦何（身份和职务不明），窦何说他在四月中与第七隧的徐循一起休田，一起回到了游击亭（所属何部及方位不明，按简文推测应在万岁部辖境）。在回去的时候徐循将第七隧的兵器也一并带走，计有一具"六石弩"、百枚"槀矢铜鍭"、"铠""鞮瞀"各一副（与万岁部的兵物种类和数量统计有出入）。这些兵物放置在游击亭。后来，在六月一日这天就发生了游击亭被胡虏抢掠的事件。七月，万岁部再次调查此事时，窦何做了相关情况说明，提到他再没见到过徐循，也没有任何消息。

第八章

地湾往事

弱水河畔的古城

文 物 简 介

1986年出土于酒泉市金塔县地湾城遗址，木牍1枚（出土编号：86EDT7：3）。木牍为松木，长18.3厘米，宽2.4厘米，厚0.3厘米，形制完整，文字清晰。此木牍所记录为邮书课，即邮书收发记录，以此作为考核依据。简上所书"肩水候官"治所即在地湾城遗址。现藏甘肃简牍博物馆。

简 牍 释 文

印曰张猛印

肩水候官

三月癸未驿北卒胜以来

阅 牍 延 伸

黑河是河西走廊三大内陆河之一。黑河水系流经青海省北部祁连山区、甘肃省河西走廊张掖盆地和内蒙古自治区西部阿拉善台地。黑河水系发源于青藏高原北缘的祁连山冰川。黑河干流以莺落峡和正义峡—大墩门为界，分为上、中、下游。黑河上游自张掖以南主要有删丹河和张掖河；黑河中游出莺落峡后进入河西走廊平原区，经张掖、临泽、高台三个地区，流入合黎山山口正义峡，再流至大墩门；黑河下游出大墩门流入阿拉善台地，北流经金塔县鼎新。

图 8-1　张猛印简

黑河自大墩门北流约100千米到达内蒙古自治区额济纳旗地界，这段河流亦称额济纳河。额济纳河继续北流，河水最终分别注入东、西居延海（索果淖尔和嘎顺淖尔）。

黑河中、下游这段流域在古籍中称之为"弱水流沙"，"弱水"一词最早见《尚书·禹贡》载："弱水既西。"《传》曰："导之西流，至于合黎。""合黎"即合黎山，位于今张掖市西北。弱水西流是其最大特点。又《禹贡》："导弱水，至于合黎，余波入于流沙。""流沙"为古居延泽，位于今内蒙古额济纳旗。

今天黑河水系的中游张掖河在汉代又称"羌谷水"或"鲜水"。"羌谷水"由祁连山宛转而下，进入河西走廊，经张掖郡折而西北，进入酒泉郡，在北部都尉所在东北、偃泉郭东与今称北大河的"呼蚕水"汇合，汇合后的这条河流应即古"弱水"。弱水转而流向东北，最终注入古"居延泽"。羌谷水、呼蚕水汇流后的弱水水系呈"Y"字形分布。汉时把弱水所流经的这段区域称为居延，在行政区划上属汉张掖郡居延县所辖。

为抵御北方匈奴沿居延泽和弱水南下侵扰，隔绝羌胡，保障河西走廊驿道通畅，汉朝在居延地区一南一北修建了肩水金关和悬索关，同时沿弱水自南而北修筑了连绵约300千米的长城烽燧郭塞，有肩水塞、橐他塞、广地塞三塞沿弱水呈一线排列，然后弱水分东西二道，其西北向有甲渠塞、殄北塞，其东北向有卅井塞，诸塞防线整体亦呈"Y"字形。位于肩水塞防域范围内的地湾遗址为肩水都尉府下辖肩水候官治地，与其他诸塞共同形成一个完整的塞防体系。

地湾，黑河边上一个再普通不过的小地名，它位于今甘肃省酒泉市金塔县东北约150千米的黑河东岸的戈壁滩上。在离黑河东岸70米的这片戈壁滩上有一处汉代土夯城郭遗址，该城于1988年被列为全国重点文物保护单位。当地人俗称此城为地湾城，其具体地理坐标在北纬40°35′1.40″，东经99°55′45.27″。从城郭建置规模和所获汉简记载可知，地湾城是汉代张掖郡肩水都尉府下辖的肩水候官治所。

图 8-2　地湾城平面图

图 8-3　地湾城遥感图

地湾遗址由障城和坞院两部分组成。障城为正方形，22.5 米 ×22.5 米，墙厚 5 米，高 8.4 米，版筑。障内北墙 4 米高处和东墙 2 米高处有成排的曾经安放过木椽的壁洞。西墙开门。障外西面有坞院一座，长方形，55 米 ×48 米，壁高 3 米，基宽 1.3 米。坞院东墙同障的西墙呈直线相连，院门南开。障坞南边还有一道坞墙，沿障的东墙直线南走，30 米后西拐，与坞院南墙平行而西。坞内障南有若干房屋遗址。坞院北部 20 米处，有一道东西走向的坞墙，长 100 米，基宽 2 米。此地四周是砾石戈壁，属典型的温带干旱气候，降水稀少，蒸发量大，夏季炎热，冬季寒冷，四季多风。

地湾遗址北约 500 米是肩水金关遗址。汉武帝拓边，据有河西走廊后，列四郡据两关。两关即是玉门关和阳关，因其位于中原和西域的交通要道之上，不绝于史籍记载。居延汉简的出土，使我们知道在汉张掖郡弱水流域下游的居延地区边塞一北一南修筑了悬索关和肩水金关两个关城。其中，北面的悬索关当处于古居延绿洲屯田区的南面，即位于卅井塞和甲渠塞会合之处的布肯托尼（A22）一带。南面的肩水金关（A32）位于今酒泉金塔县天仓乡北 12.5 千米处，古弱水（今额济纳河）中游谷地东岸。1930 年至 1931 年，中瑞西北科学考察团贝格曼在此处发掘出土汉简 800多枚。1973 年，甘肃省文物工作队在此发掘，共出土汉简 1 1000 多枚，其他屯戍废弃物 1 300 多件。肩水金关的结构主要由关门和坞构成，以及东西走向的关墙、虎落、郭、隧等建筑和防御设施，肩水金关的关门呈南北朝向。肩水金关的建制规模较大，建筑设施完备，附属建筑功能完善，且地处河西走廊通往北方匈奴的交通咽喉，其军事地理位置极其重要，故肩水金关遗址建筑群实际上是集居住、办公、屯兵、候望、通关于一体，在当时的河西走廊所置津关中亦应是规模较大的一处关口。

图 8-4　肩水金关平面图

　　地湾遗址西南方 5 千米左右的黑河西岸和东岸各有一大型夯筑城障，西岸称西大湾城，东岸则称东大湾城。

　　这三处地理位置相距不远、紧密相联的汉代遗址统称"两城一关"。这三个大型汉代建筑如此密集地同筑于黑河两岸，互为犄角，加之周边所筑连绵塞垣和林立烽隧，说明了这一区域的重要性，由此可见西汉王朝在此处所修筑系列军事塞防关城对控扼南北交通、保障东西道路畅通、拱卫酒泉和张掖诸郡有着非常重要的作用。

图 8-5　东大湾城平面图

屯戍劳作的田卒

【文物简介】

1986 年出土于地湾城遗址。木牍 1 枚（出土编号：86EDHT：24），上端残断。长 17.2 厘米、宽 2.8 厘米、厚 0.5 厘米，胡杨材质。现存字四行，简文内容是肩水塞各屯田区田卒归属统计，从简文记载可知，肩水塞屯田实行分区管理，计有第五别田、第三别田和第五农官等田区，各个田区有专门的农官管辖，每个田区有数量不等的戍田卒。该简文为了解汉代河西地区屯田管理，以及河西地区农业生产规模等提供了第一手材料。现藏甘肃简牍博物馆。

【简牍释文】

十八人属第五丞别田彭祖

□人属第五丞官佐时

十三人属三别田充

二人属第五农官

【阅牍延伸】

地湾城是 2000 多年前居延肩水都尉府下辖的肩水候官治所。综观 1930 年和 1986 年两

图 8-6　屯田归属统计简

次所出 3000 多枚汉简，这些汉简所记载的多属于肩水候官的文书档案，以屯戍廪食、劳作等簿籍文书为主，此外还有一些邮书公文、诏令书记、律令科品、封检签楬、关符传致，以及少量历谱、典籍等。地湾汉简具有重要的学术价值，涉及简牍制度、文书制度、政治制度、历史地理、塞防建置、邮驿交通、生产经济、民族关系等，以及人口身份、家庭消费、婚丧嫁娶、文化教育、精神信仰、人际交往、民风习俗、技术应用等。尽管地湾汉简多有残渺，但片羽吉金，通过地湾汉简的点滴记载，为我们勾勒了一幅两千多年前丰富多彩的河西边塞画卷，再现了屯戍吏卒们的艰苦的边塞生活和多样的精神信仰和情感世界。

地湾汉简再现了两千多年前驻守肩水边塞的吏卒们艰苦繁杂的屯戍活动。河西边塞屯戍吏卒日常工作异常繁杂，诸如公务处理、邮书传送、候望侦伺、省作、日迹、伐苇、伐茭、编织等，这些工作对于维持边塞各级系统、各部门的正常运转，对于保障屯戍吏卒的日常生活是必需的。候望烽火和日迹天田等是吏卒基本的勤务，此外，还有不少日常劳作需要吏卒们去完成，如作墼、涂堊、伐茭、省作等。在省作中有一种"治强落"的劳作，根据史籍和汉简记载可知，强落是边塞在险要之地以树木枝条为原材料，堆积在烽隧线的防御设施。从地湾汉简记载可知，在肩水候官亦设置有强落，与天田一起保护着肩水塞。

下面是一组来自内郡的戍田卒名籍，从这份田卒名籍可以知道，汉王朝征调内郡有农事生产经验的戍卒至居延屯田区从事农业生产，生产的粮食保证了边塞人员的日常饮食供应。

田卒大河郡东平陆北利里公士张福年☐

田卒淮阳新平盛昌里上造柳道年廿三

田卒大河郡东成陆河乐里☐

田卒梁国虞千秋里不更颜欧

田卒淮阳郡阳夏徐平里上造陈免年廿四

田卒淮阳郡长平北巨里董

田卒们在肩水地区从事艰苦的屯田劳作，这在地湾汉简中有丰富生动的记录。汉代居延的屯田区大致就是沿弱水流域的绿洲区分布，主要有居延屯田区和骓马屯田区。居延屯田区在北部，骓马屯田区则位于居延屯田区的南面。从居延地区汉代的农田遗存，以及居延汉简中的相关记载可知，汉代居延地区的屯垦活动曾达到相当的规模。农业生产离不开水资源，开渠引水自然是居延地区屯垦区农业生产活动中最为重要的一项劳作。在骓马屯田区开渠引水的戍卒多来自河东郡、南阳郡和魏郡等地方，这些治渠卒是政府专门从内郡征发至河西边塞屯田区从事治渠劳作的。在居延屯田区，曾实行赵过的代田法，这种耕作法除需要大型的农业工具和以牛为主的畜力外，劳动力也需要有充足的保障。西汉政府持续不断地从内郡征发戍卒至居延地区，保证了居延地区屯垦活动的正常进行。除以通渠为职的治渠卒外，还有相当数量的人员从事耕种劳作，这类戍卒称之为田卒或戍田卒。这些田卒主要来自于淮阳郡、大河郡、东郡、魏郡等县邑侯国。

在地湾汉简中有一枚骓马田官答复肩水候官的应书。大意是说如果发现有吏卒、庶民和屯田士吏逃亡者，需将逃亡者的详细身份信息、逃亡时间及时上报。骓马田官处回复为，始元二年（前85年）中居延戍田卒一千五百人参与骓马田官的穿渠引水，这项工作是从正月己酉开始，这些戍田卒来自于淮阳郡。此应书应该还有其他简文记录，惜未发现，不能了解其他信息。始元二年（前85年）为汉昭帝时，从时代上来说，此简属于时代偏早的一枚简。其记录的正是武帝后至昭帝时，居延地区正在大规模进行的屯戍活动，而通渠引水则是农业生产得以开展的基本水利工程。地湾周边地区正是当时最为集中和重要的屯田区之一，现在这片地区还可见有汉代农田、沟渠和水门等水利设施的遗存。

赊欠追债花名册

1986 年出土于地湾城遗址。木牍 1 枚（出土编号：86EDT65：1）。长 22.7 厘米，宽 2.5 厘米，高 0.3 厘米。简文内容是由官府发文要求欠债的官吏们须以六月的俸钱偿还，并且把欠债人的花名册都一一罗列出来了，对研究河西地区社会经济活动具有重要价值。现藏甘肃简牍博物馆。

阳朔元年六月丙子朔戊子，右后候长嘉敢言之：官檄曰：具移吏负卒责多少，牒别言，会月廿日。谨移部吏负卒责以六月奉钱偿，如牒。敢言之。

□嘉印、史、临发　□月……卒同来　君前

肩水地区的经济活动独具军事管制特色。由于肩水地区处于军事塞防要地，其经济活动就具有一定的特殊性，像赊买赊卖这种经济活动，既属于个人行为，同时又受到当地民政和军事系统的双重管理，具有非常明显的军事管制色彩。赊

图 8-7　追债花名册

买贳卖是一种赊贷行为。赊买行为必然有债务关系存在，因此赊买赊卖双方需要口头约定或立契约来明确双方的责任。河西汉简里有不少债名籍，所谓债名籍即指"索求负家偿物的名籍"，内容包括债权人的身份、姓名，债务人的身份、姓名及所债物品、价钱等。边塞地区的贳买贳卖活动中交易最多的物品是各类衣物。

上面这枚简就是由官府发文要求欠债的官吏们须以六月的俸钱偿还，并且把欠债人的花名册都一一罗列出来了。

贳卖行为主要有如下几个特点：一是凡卖物者多为内地人，买物者常为障塞之吏，而鄣塞吏以名籍观之，率为边郡人；二是官衣赋予私人者，亦得售卖；三是卖衣物亦署券，且有人保证之；四是保证者酬质为沽酒二斗，二斗之酒价为十钱。居延边塞所存在的大量贳买贳卖活动与居延边塞的社会特点密不可分。居延一直是一处控扼南北的军事塞防重地。从汉武帝开拓河西至东汉建武初期，中间还经历了新莽以及窦融保据河西等重要时期。居延地区一直先后被中原王朝统治者和保据河西的窦融军事集团等作为一个重要的军事塞防区域而经营。

居延县府各级地方机构的行政设置体系建立在军事塞防体系之上，居延县府机构的行政事务处理更多的是为居延边塞的军事机构服务，即是说，居延边塞的社会是以军事活动为主要特点的军事管制区。居延地区的经济活动、生产建设、人员构成、商贸活动等无不具有浓厚的军事色彩。可以说，居延地区的社会性质属于军事化体系，贳卖贳买这种经济行为就是居延经济交换活动军事化的最为明显的例证。

但凡在居延边塞生活的屯戍吏卒和编入居延县各乡里的户籍民众，以及不远千里辗转来到居延地区的内郡人，如车父、就人等，都或多或少要与居延边塞的军事机构和军事塞防吏卒人员打交道。居延边塞军事机构和县府对戍卒的衣物进行严格的买卖管理，一方面可以有效控制戍卒将官府分发的衣物等用品私自卖给他人获利，另一方面戍卒通过官府出面进行贳买贳卖可以保护贳卖者能收到买方赊欠的钱。

戍卒之衣

1986 年出土于地湾城遗址。木质（出土编号：86EDHT：11），长 5.9 厘米，宽 0.9 厘米，厚 0.2 厘米。此简形制为楬，即用于标示物品名称，一般会详细注明地点、地间、名称、数量等信息。该楬上部修治为半圆形，左右两边各刻有契口，以便于缠系麻绳。楬分文书楬和实物楬，本楬所记载的"青""缇"属于纺织物，故为实物楬。现藏甘肃简牍博物馆。

简牍释文

青一丈九尺

缇二丈三尺　·凡四丈二尺

阅牍延伸

地湾汉简对吏卒们的诸如衣食住行用等日常生活和起居有丰富的记录，再现了汉代边塞吏卒们艰苦的塞防生活。

地湾出土有一枚衣物囊封检，封检题署为："·粱（梁）国睢阳戍卒西尉里王柱：练里袭一领、皇布复袍一领、皇布禅衣一领、皇布复绔一

图 8-8　实物揭

164

两、枲菲一两、常韦二两。"（179.2A）此封检所封衣物的主人是一位叫王柱的戍卒，他来自梁国睢阳县西尉里。这应是王柱赴肩水边塞服役时由当地县府统一为其提供的衣装，包括体衣和足衣等。王柱所领取的既有暖和时穿的练里袭和皇布禅衣，也有天凉时穿的皇布复袍、枲布复绔，还配置有不同质地和样式的鞋子，"枲菲"即麻鞋，"常韦"又称"鞲鞋"，为韦皮制成的皮鞋。戍卒赴边塞服役，县府提供的衣装诸物并不是直接交给戍卒，而是由官府密封后统一送到边塞，再由戍卒本人领用。从地湾汉简对戍卒衣装记载可知，肩水边塞戍卒们的衣装以黑色为主，体现了汉代衣装的等级之分。

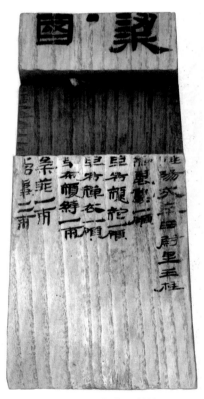

图 8-9　衣装橐封检

戍卒之屋

1986年出土于酒泉市金塔县汉代地湾城
遗址。木牍1枚（出土编号：86EDH：3），
长14.2厘米，宽2.5厘米，厚0.3厘米。简文
中所记录内容是关于"安乐隧"的建造方式，
这打破了以往对烽隧建造方式的认知。对于
我们研究肩水边塞的民居屋舍具有重要价值。
现藏甘肃简牍博物馆。

简牍释文

　　驹薪三其一顷足皆不
　　埱上蓬干下两相不事当□
　　居延蓬干置当徙
　　大薪三足不丿
　　埱坞不丿

阅牍延伸

　　肩水边塞的屯戍吏卒日常劳作的地点主
要是在烽隧和障坞，地湾城是肩水候官驻地，
从现存遗址来看，地湾城既是官吏们办公之
地，也修建有房舍供其休息。由于肩水边塞

图 8-10　建屋简

是防御北方匈奴的前沿阵地，为有效防避匈奴人的侵扰，屯戍吏卒的居舍一般集中修建在障坞辟之中，一则便于集中管理，二则能够起到互保的作用。除屯戍吏卒外，在肩水塞地还有大量的著籍平民，他们的房舍则集中于县城之内或郭外，距离其所耕作的农田较近，便于日常劳作。屯戍吏卒的日常办公和起居的房舍紧挨着这些军事塞防建筑。一般而言，烽隧是由烽台、望楼、套间小屋和附属设施如厕所、畜圈、坞院等组成。这些供吏卒办公和居住的房舍多以夯筑和板筑法建成。此外，还有不少房舍是用土墼砌筑而成。

居延地区的房舍广泛采用套房结构方式。这种结构的房舍可分为套房、套室一厅型、套室一夹道型。肩水金关坞内房屋即此类布局，地湾遗址也有套房式结构的房舍。在地湾城发现有残存的木柱和斗等，可推知此地原有木构建筑。斗拱建筑形式是中原地区常见的营造房屋方式，在河西边塞发现的斗拱木构件证明内地的建筑形式在河西地区也同样存在。从发现的遗存物可知，肩水边塞的房屋建筑一般采用土木混合结构，墙体夯筑，房内立木柱，用以承受横梁，在柱上置斗拱，斗拱之上再承托横梁或枋。

肩水边塞的障坞、堠楼和房舍墙壁都要涂抹草泥，草泥是多用牛、马粪未消化掉的草末和泥而成。用牛、马粪和成的墙泥细腻，附着力强，泥皮光洁，不易开裂。这种涂墙之法在汉简中称为"马矢涂"或"草涂"。墙壁涂上草泥后还需再抹一层白灰，以起防潮或挡风雨的作用，这种白灰叫"垩"。肩水地区常年干旱少雨，其屋顶一般采用架椽木，上面铺盖一层密布的芦苇，然后再铺一层泥，这样层层叠压在一起，可抵挡风雨。

总之，肩水边塞民众的日常起居和生活什器的使用情况，一方面可以通过考古出土实物有直观的印象，另一方面在汉简中有着丰富的记录。仅就汉简记载来看，汉代肩水地区吏卒和民众的汲水储水器种类丰富，材质多样，既有竹木制品、草制品、陶制品，也有一些铜铁器物。与饮食加工有关的器物既有不少实物出土，汉简中也有不少的记载。食物加工主要分前期的谷物舂磨和后期的烹饪。肩水边塞地区用于粮食加工的工具有主要有臼和碓。对米面诸食物进行蒸煮之用的则有釜、甑等炊煮器。生火方式主要是钻木取火。汉代进食米饭的工具主要有"柶"，在居延地区曾出土有汉代木制柶。肩水边塞吏卒们的坐卧之具在汉简中亦有所记载。汉代的坐具主要有枰和榻。榻亦称为"床"，榻之上皆需铺席。席的种类较多，仅以汉简所记，就有筵、莞、韦席、苇席、蒲席、纤席、蔺席、席荐、卧席荐、卧垛盍席等。这些席多是由肩水边塞选出的有纺织技能的戍卒织就。

边塞医疗

文物简介

　　1986 年出土于地湾城遗址。木简 1 枚（出土编号：86EDT8：9），长 17.8 厘米，宽 0.8 厘米，厚 0.3 厘米。简上下端皆残断，简文不完整。此简为医方简，简上记录的药物名有"参""细辛""茱""苑""弓穷"等。由于此简残断，未知此医方名，以及其他炮制、治疗方式等信息。该医方简为了解汉代河西边塞屯戍吏卒的医疗条件提供了原始资料。现藏甘肃简牍博物馆。

简牍释文

　　□□□□五□；参一分；细辛、各一分；苑、弓穷各一分；半□□□

阅牍延伸

　　居延地处西北边塞，气候干燥，夏季酷热，冬季严寒。长途跋涉至居延边塞服役屯戍的内郡戍卒，初来居延必然有一个适应的过程，稍不注意就会生病。居延地区屯戍吏卒常患的疾病主要是伤寒、寒热、伤汗、温、肠澼等，还有劳作中不慎摔伤、闪腰导致的外伤，这些病的种类和症状在汉简中都有明确的记载。

图 8-11　地湾医方简

在居延边塞有着较为完善的医疗管理制度，有完善的医疗机构和配套设施。居延边塞的军事防御体系为都尉府—候官—部—隧四级机构。

从"□遣医诊治敢言"和"府遣医诊治□"简文记载来看，都尉府和候官这两个级别较高的部门中设置了专门的医疗机构，并有相应的医疗配套设施，部和隧机构要定期上报戍卒生病、请销病假等基本情况。在居延边塞各级机构中配备有常用医疗器具和药物。这些常用医疗器械和药物用于日常吏卒疾病治疗和紧急战斗中吏卒伤病的紧急治疗救护。在居延边塞，医用器具和药物作为守御器严格管理，上级部门会定期检查。

总的来看，居延地处西北边境，汉王朝从中央到地方各级机构建立的行之有效的医疗保障体系，最大可能地保障了居延边塞屯戍吏卒的生命健康。完备的医疗管理制度能尽力避免因疾病和病亡因素造成屯戍劳作人员大规模减少。及时有效的治疗措施对于维系边塞军队的战斗力、稳定屯戍吏卒的军心等都是行之有效的。

一牍二书殷勤问

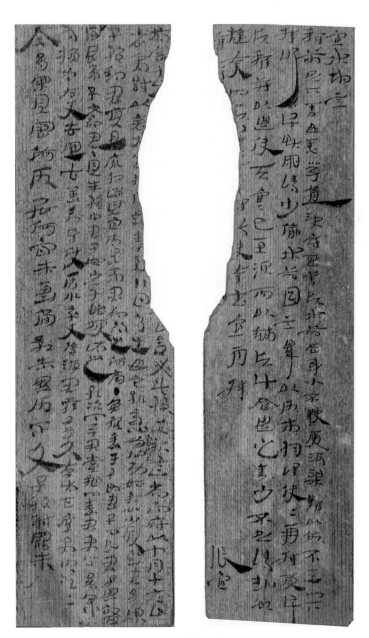

图 8–12　张宣致稚万书

　　1973年出土于肩水金关遗址。木牍1枚（出土编号：73EJT30：28），松木材质，上部一侧有残缺。长23.5厘米，宽6.0厘米，厚0.3厘米。简牍双面书写，内容均为书信。正面为张宣致稚万书，张宣诉说对稚万的思念之情，并嘱托稚万以钱市物，表示感谢。背面为禹致友朋书，为禹写给诸多友朋表示慰问的书信，信上说都尉府曾问禹以表火传递事务，并问询友朋在边塞署置的情况。此简用草隶写就，书法精美，是汉代书牍的代表。两封书信对研究汉代人的书信来往、日常生活及人际关系具有重要参考价值。现藏甘肃简牍博物馆。

简牍释文

　　宣伏地言：稚万足下，善毋恙，劳道决府，甚善。愿伏前，会身小不快，更河梁难，以故不至门下拜谒。幸财罪请，少偷，伏前因言，累以所市物，谨使使再拜受，幸。愿稚万以遣使，天寒已至，须而以补，愿斗食遣之，钱少不足，请知数推奏，叩头幸甚。谨持使奉书，宣再拜。张宣。

　　前寄书……言必代赣取。报言都尉府，以九月十六日召禹对，以表火□□□□责，致八日乃出，毋它缓急。禹叩头多问功如、稚公、少负、圣君、幼阑、子赣、邮君、莫旦庞物诸儿、宜马昆弟、君都得之何齐·负赣春、王子明君、子卿长君、子恩政君、回昆弟子文都君·见朱赣中君、子实少平，诸嫂请之，孔次卿平君、赏稊卿春君，禹公。幼阑得换为令史去置，甚善，辱幸使肩水卒史徐游君、薛子真存请，甚厚，禹叩头叩头。今幼阑见署何所，居何官，未曾肯教告，其所不及，子赣射罢未□。

张宣伏地拜：

稚万足下近安！闻君奔波于行道，劳苦于府事，挺好的。我一直想伏于稚万前，为你分担些许事务，奈何我身弱腿慢，跋涉道路桥梁也颇不易，因此一直未亲临门下拜谒稚万君。幸财罪请，待身体稍愈，即至稚万前言诸事。之前多次在市场购置物资，望派人前来接收，如此最好。望稚万君能派遣人员前来，天气已经转寒了，须而以补。愿赐斗食之米，钱不足数请你知晓之。叩头幸甚。我因行动不便，故遣人送信。张宣再拜，张宣书。

前寄书来……言必代赣取。报言都尉府。禹（即写信人）被要求在九月十六日至都尉府对质。质询烽火传递诸事，一直到八日才出，其余无他事。禹一一问候功如、稚公、少负、圣君、幼阑、子赣、邮君、莫旦庞物诸儿、宜马昆弟、君都得之何齐·负赣春、王子明君、子卿长君、子恩政君、回昆弟子文都君·见朱赣中君、子实少平，诸嫂请之，孔次卿平君、赏稆卿春君、禹公等。听说幼阑升职为令史了，此当甚好。非常感激肩水卒史徐游君、薛子真二位的相助，感念甚厚，禹叩头叩头。如今幼阑在哪里署作，在何处供职，我尚不清楚，望相告为盼。

古往今来，书信是人们传递消息、沟通情感、互致问候，以及表达观点的最重要文书体裁。在纸张未用于文字书写之前，中国经历了一段漫长以简牍帛书作为书信载体的时代。人们在竹木简牍和缣帛上写信，古代记载有不少与书信相关的故事，也有不少与书信相关的各种传说，所以书信被人们赋予了各种雅称，如"尺牍""素书""帛鱼""鸿雁"等。

我们结合这件出自肩水金关遗址的木牍书信，着重介绍一下为什么称书信为"尺牍"。

较之于窄长条形的简札，牍是可以多行文字书写的载体。简与牍一般由竹和木材制成，二者的区别主要在于形制和容字的不同。一般而言，窄条形的简称为札，一般可供书写一行文字，宽而方的简称为牍，可供书写三行至十行文字。秦汉时期的官私书信，一般就是书写于牍上。秦汉时期对简和牍有一定的尺寸要求，官府规定各级机构中簿籍等文书的简牍长度为一尺（约今 23.5 厘米）。一尺之牍容字较多，且可正背书写，以肩水金关出土的这件书信为例，除残泐文字外，一面书写为六行文字，一行多至三十一字，一面共计一零四字；一面六行，一行多至三十六字，共存一百八十三字，正背面共书写文字现存二百八十七个。即是说人们利用一尺长的宽牍写信，基本上能满足实际需要，可以较充分传递信息、表达问候等。而且肩水金关出土的这件尺牍的正反面还是两封书信。久而久之，人们就习称书信为"尺牍"了。

见字如面恩情厚

文物简介

1973年出土于肩水金关遗址。木牍1枚（出土编号：73EJD：32），胡杨木材质，长16.8厘米，宽2.4厘米，厚0.3厘米。简牍双面书写，内容为汉代书信。该简为褒致子元的书信，简文用草书写成，书风潇洒飘逸，具有很高的艺术价值。现藏甘肃简牍博物馆。

简牍释文

褒伏地再拜：子元足下，身临事，辱赐书，告以事，甚厚，叩头叩头。谨奉教尽力，不敢忽然。

乎事察勿忽，必得为故。得白状，事之非有所拜也，且勿进也，比数日间耳，独恐其主不在耳，又得。

图8-13　褒致子元信

褒伏地再拜：

子元足下，我因冗事缠身，未能亲视子元足下，子元还亲自给我手书一封，告诉我诸多事务，您的盛情厚谊，褒铭记于心，叩头叩头。我当谨记子元的教诲，尽心尽力做事，不敢疏忽大意。对所做之事一定细察，以求有所得。凡事需谨慎，与己关系不大之事，不必太计较。这几天稍微得闲，但又担心主官不在署所而不得拜见。

阅牍延伸

21世纪初期，书信还是人们最为习用的沟通方式之一。随着电子多媒体时代的来临，书信对于青年一代来说突然陌生了。人们习惯了电子触屏的录入，而对于文字的手写，也一下子变得有些困难了。

在居延边塞地区，并不是所有的戍边吏卒都会认字，都有能力亲笔书写一封饱含真情的家书。有时候吏卒们会求署所的书佐们代笔写信。据专家考证，两千年前的河西居延边塞，在官府任职的高级官员，以及在官府任职的文职官吏们具备较强的识字和书写能力，因为他们要进入官府任职，就需要通过严格的考核，即简文记载的需达到"能书、会计、颇知律令"这些条件，才符合"文"职的基本要求。

在路途漫漫、车马劳顿的古代，一封书信总要经冬入春才能送到收信人手里，不管是写信人的亲笔手书，还是口述请人代写，展信阅读的那一刻总是让人欢喜异常吧。对于阅读传统纸质墨写的书信，人们总说"见字如面"，这是书写带给人们的独特情感体验。对于彼此熟悉的人们来说，手捧亲朋好友千里之外寄送而来的一纸书信，打开信纸，跃入眼帘的是一行行熟悉的字体，带着温暖，字里行间是殷殷的问候和浓浓的情谊。

第九章

出入金关

肩枕弱水过金关

1973年出土于肩水金关遗址。牍1枚（出土编号：73EJT3：2），松木，长11.1厘米，宽2厘米，厚0.2厘米。下端残断，上书"肩水金关"四字。该木牍属于邮书封板，此类文书不需要密封，所题署的"肩水金关"为文书接收部门。现藏甘肃简牍博物馆。

肩水金关。

肩水金关遗址，位于甘肃省酒泉市金塔县城北107千米的黑河东岸。遗址距河约200米，南距肩水候官遗址（地湾城）500米，东经99°55′47″，北纬40°35′18″。

图9-1　肩水金关简（一）

图 9-2　肩水金关遗址

图 9-3　肩水金关塞防示意图

　　肩水金关是汉代张掖郡肩水都尉下辖的一处出入关卡，军事防御地位重要，是汉朝扼守弱水，防止北方游牧民族南下侵扰的北大门，也是河西走廊北上入居延绿洲及更北广袤区域的必经之地。

　　玉门关和阳关是人们耳熟能详的两座最著名的汉代丝绸之路上的边关，"羌笛何须怨杨柳，春风不度玉门关"，"劝君更尽一杯酒，西出阳关无故人"，让两关从此成为中国人的精神家园的寄托。除玉门关和阳关外，在河西汉塞上还有其他关城，肩水金关即其中之一。肩水金关由于不在丝路中西交通的孔道之上，不见于传世史籍的记载，直到20世纪30年代一次科学考察活动，让埋藏在漫漫黄沙之下的肩水金关重新为世人所知。

1927年中瑞西北科学考察团成立，开始西北科考工作。位于汉代张掖郡居延边塞的肩水金关遗址就是在这次科考活动中被瑞典方的考古学家贝格曼发现的。肩水金关遗址名称的确定是因为在这里出土的汉简上的记载。

1927年10月，黄文弼在土堡垒处发现了五枚汉简，这是近代以来发现居延汉简的开始。1930年贝格曼来到了中国甘肃北部的黑河流域，贝格曼在《考古探险手记》一书中记录下了发现居延汉简的情景：

坐落在一个强侵蚀山顶的烽燧和旁边房屋废墟下面，我发现有院墙的痕迹。当我测量这个长方形墙体时，钢笔掉在了地上。当我弯腰捡钢笔的一刹那，意外发现钢笔旁有一枚保存完好的汉朝硬币——五铢。于是，我开始仔细四处搜寻，不一会儿发现了一个青铜箭头和另一枚五铢……第二天从最东边开始挖掘，很快就发现了窄条的木简。这个发现使我激动不已。我们带着极为兴奋的心情又开始四处搜寻起来。果然，不一会儿就找到另几块保存更好的木简。其形状大致与斯文·赫定在楼兰古城找到的写有一篇手稿的木简一样。斯坦因也在甘肃西北部和新疆发现过这种东西。

图 9-4　肩水金关简（二）

图 9-5　地湾城遗址

从贝格曼弯身拾取钢笔的那时起，开启了20世纪30年代的一次重大考古发现的序幕。贝格曼发现的竹片，是两千多年前的汉代人遗留下来的竹简，这一发现震惊了学术界，并在之后形成了一门国际显学——简牍学。在居延地区发现的这批汉代简牍，后来被人们称为"居延汉简"。其中在金关遗址（A32）出土简牍724枚，在南面500米的地湾遗址（A33）出土简牍2 383枚。

1971—1973年，甘肃省文物考古工作队又对居延甲渠候官（A8）和肩水金关遗址进行了调查和发掘，肩水金关出土简牍11 000多枚，再加上1986年地湾出土的700多枚。这样，20世纪30年代和70年代两次在肩水金关（A32）和肩水候官（地湾，A33）出土的汉简达到15 000多枚，占到了历年居延出土汉简总数的一半左右。

从汉简记载可知，肩水金关作为汉王朝在黑河通道设立的唯一关口，它无论从政治方面还是经济方面，无论是军事防御方面，还是开发管理居延方面都发挥了极其重要的作用，它在当时的地位绝不亚于玉门关和阳关。从肩水金关出土的纪年简看，它从汉武帝天汉元年（前100年）设关，一直延续到了晋武帝太康四年（283年），时代跨度达380多年。尤其是宣帝本始元年至光武建武八年这105年间的简牍数量最多，内容最为丰富，说明这一阶段是肩水金关最为繁华兴盛的时期。

除数量庞大的汉简外，在肩水金关遗址还出土了大量的汉代吏卒屯戍活动的遗弃物，如1973年甘肃居延考古队在金关遗址A32范围内，共开探方37个，获简11 570枚（其中未编号的1 426枚），实物1 311件，有货币、残刀剑、箭、镞、表、转射、积薪、铁工具、铁农具、竹木器械、各类陶器、木器、竹器、漆器、丝麻、毛、衣服、鞋、帽、渔网、网梭、小麦、大麦、糜、谷、青稞、麻籽、启信、印章、封泥、笔、砚、尺、木板画和麻纸等，目前收藏于甘肃简牍博物馆。

肩水金关出土汉简数量多，文物丰富，研究价值极高。保存如此多而完整的汉代简牍和实物，无疑为后世研究汉代历史提供了十分珍贵的资料。

肩水金关其主要建筑由两座对峙的长方形夯土楼橹构成的关门、烽台、坞和一方堡等组成。楼橹长6.5米，宽5米，西侧有通到楼橹顶上的土坯台阶，两楼橹间的门道宽5米，其上部有门楼类建筑物。关门内外埋有虎落尖桩和木转射，门两侧连结夯土塞墙。关门内西南侧有黄土夯筑的坞院，略呈长方形，东西长约36米，南北宽约24米。坞内有房屋和马厩等共11间，西南角有障和烽隧。坞院西南角有方形围墙（墩院），边长约13米。北墙与烽火台东壁相接，西墙与烽火台南壁相接。北墙开门，院内有曲折夹道，两侧分布有住室、灶屋、仓库、院落等遗迹。坞院内西侧中部有黄土夯筑的平面呈正方形的烽火台一座，边长8米。肩水金关地处戈壁，紧靠黑河，常年的风雨侵蚀，主要建筑已被严重损毁。现仅残存一烽台和部分遗迹，台长、宽均8米。

我们可以根据遗址，参照汉简里的记录，复原肩水金关，再现这座矗立于弱水河畔的汉塞边关的雄浑壮阔。

图 9-6　自南向北俯瞰肩水金关遗址

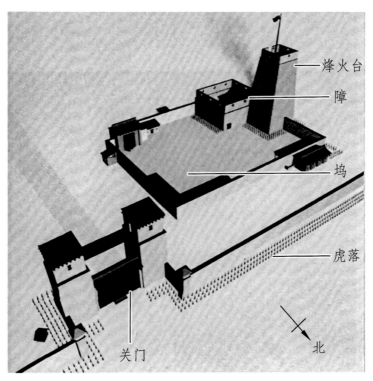

烽火台

障

坞

虎落

关门

北

图 9-7　汉代肩水金关复原示意图

183

身份高贵的使者团队

文物简介

　　1973 年出土于肩水金关遗址。木简 1 枚（出土编号：73EJT3：98），胡杨木材质，长 22.50 厘米，宽 1.20 厘米，厚 0.2 厘米。简牍分七栏书写，上部六栏双行小字，记载经过肩水金关使者团队的吏员、随从、马匹、车辆的情况，下部单行书写，记载通过关隘的时间以及检查登记的吏员姓名。从简文记载来看，这一使者团体的使者身份较高，使团中有吏八人，假司马一人，使者过关时有肩水候亲自接待。使团中假司马、厩御、骑士等人员的出现，反映出这一使团是针对边塞防御而出使，具有重要研究价值。现藏甘肃简牍博物馆。

简牍释文

　　使者一人，吏八人，假司马一人，厩御一人，骑士廿九人，民四人，·凡卌四人，官马卌五匹，传车二乘，马七匹，轺车五乘，候临。元康二年七月辛未，啬夫成、佐通。内。

阅牍延伸

　　从汉简记载来看，肩水边塞人们日常出行主要

图 9-8　元康二年七月辛未入肩水金关人员簿

是陆路,出行方式有步行、骑行、乘车等,而水路则主要是乘船。

汉代居延地区的陆路交通工具以马或牛为畜力的车辆最为常见,但也有人步行或使用人力推车出入肩水地区。地湾汉简中多记载有邮书传递方式,如简载"肩水候官行者走",就说明邮书是邮卒徒步送达至肩水候官。还有"以邮行",则主要是邮卒乘马传送邮件。除乘马外,肩水边塞的人们出行使用较多的乘坐工具是牛车和马车。从汉简记录可知,出入肩水边塞的普通家庭大多数都有家牛家车,这说明汉代居延地区的家庭中备有牛车是一种普遍现象。牛车对于民众的日常生活、生产具有重要作用,牛车更便于人们从事经济生产活动,长途贩运也成为可能。居延边塞各级官府机构也不例外,牛车是最为重要的载重工具之一。边塞地区除牛车的大量使用外,另一种最为常用的代步工具就是马和马车了。河西汉简所记载的马多为官马,受边塞各级部门管理使用。驿置机构备有驿马、传马供来往使者和官吏骑乘驾车之用,同时也供驿卒用于官府文书邮件的传递。轺车是一种轻便的车辆,方相车主要用于拉载货物。

居延边塞长城烽隧是沿着古弱水流域修建的。南自今酒泉市鼎新,顺着弱水一直延伸至北边的尾闾居延海。弱水在其下游又分道成两条河流,东面的今称伊肯河,西面的今称纳林河。汉边塞在伊肯河东面和西面均修筑有长城烽隧,如甲渠候官所辖的部中就分河北道上塞和河南道上塞,中间隔着一条伊肯河。汉代的弱水水流量较大,河道宽阔,人马或可涉足而过,但若遇文书邮传、粮秣运输等则困难重重。目前尚无证据表明居延地区的弱水河道上建有供行人车马通行的桥,但我们有理由认为,汉代居延地区有专门渡河的船等工具。

肩水地区对陆路和水路皆分别配备有交通工具。地湾汉简中专门有肩水候官"破船簿"的统计簿,其中就提到"毋余船",指肩水候官目前没有多余的船供使用。可见,甲渠候官和肩水候官皆备有数量不等的船。由此推知,凡临河近的候官部隧可能皆备有渡河和载物之用的船。在汉简中就专门记载有上级部门要求居延县需备船工十二人。

通关必备家属符

1973 年出土于肩水金关遗址。木牍
1 枚（出土编号：73EJT6：41），松木材
质，长 12.7 厘米，宽 3.5 厘米，厚 0.7 厘米。
简文分三栏书写，第一栏为候官名称，第
二栏为家属人名，第三栏为随行车辆、马
匹、牛的信息。简左侧有刻齿，刻齿下有
残缺字迹，可知是分剖而成。该家属符是
过关使用的符传，对研究汉代家庭构成和
关隘管理具有重要意义。此外，该简将逢
尊女婿也作为家属成员登记，而且身份为
葆，具有重要认识价值。现藏甘肃简牍博
物馆。

广地后起隧长逢尊妻居延广地里逢廉
年卅五，子小女君曼年十一岁，葆智居延
龙起里王都年廿二，大车一两，用马二匹，
用牛二。

图 9-9　肩水金关家属符

肩水金关是目前河西边塞发现并发掘的唯一一个关城遗址，在肩水金关遗址发现的 10 000 多枚汉简中，有相当数量的出入关记录。平民及戍卒家属出远门，多是到其他县域市贩、探亲。须先向乡啬夫（相当于乡长）提出申请，乡啬夫再向县衙申请签发证明身份的文书凭证。县里给居延平民出具的证明上一般都要注明"毋官狱征事"，换作今天的语言，就是证明该人"没有犯罪记录及逃避赋税行为"，算得上是两千年前的诚信记录。

此外往往还要写上性别、年龄、身高、肤色、体貌特征，以及办什么事，携带什么物品，同行人有谁，乘坐什么交通工具，写给哪个关口等内容，类似通行证、介绍信。途经要道的关口，驻守关吏要查验、记录出行证明的内容、时间，哪个地方机构传来的，谁出具的证明，登录出入关口者的姓名等。回程路过关口，也要记录。

肩水金关不仅出土了用以通过若干关所的传，还出土有只能通过肩水金关等特定关所的符。符多用于短距离或是专供某一机构所辖范围的内部人员及其在外的家属使用。"家属出入符"是汉代边境家属出入关的通关凭证，肩水边塞的官员家属提前办理出入肩水金关的家属符，一般是一年一办，同时家属符上有刻齿以供核验，相当于现今人们出行办理的各类"年卡"。

家属出入符的内容包括边吏任职地、职位、姓名、日期、妻之籍贯、妻之姓名、子女之名、子女年龄，以及母亲等家属的名籍、随行的车马等。出入肩水金关需出具本人在原户籍县乡的证明文件。现在留在肩水金关的这些出入关简牍当然不是关传原件，而是通过地记录的附件。原件由本人随身携带，供下一个关口查验。

长途贩运不容易

　　1973年出土于肩水金关遗址。木牍1枚（出土编号：73EJT10∶120），松木材质，长23.5厘米，宽2.5厘米，厚0.3厘米。简牍双面书写，正面为传书正文，内容是汉代南阳郡西鄂县发出传书，并说明该县南乡临利里大夫陈同要到张掖郡居延县为家私市，经检查无违法行为，可以发出传书。该简所记南阳西鄂县大夫陈同前往居延边地进行长途贩运，对研究当时的商品贸易、边地与内地的关系有重要价值。同时，该简字体为草隶，笔意流畅，是汉代书法精品。现藏甘肃简牍博物馆。

　　甘露四年正月庚辰朔乙酉，南乡啬夫胡敢告尉史，临利里大夫陈同自言，为家私市张掖居延界中，谨案同毋官狱征事，当得传，可期言廷，敢

图9-10　肩水金关出入关传

言之。正月乙酉，尉史赣敢言之。谨案，同年爵如书，毋官狱征事，当传移过所，县侯国勿苟留，敢言之。正月乙酉，西鄂守丞乐成、侯国尉如昌移过所，如律令／掾干将，令史章。

西鄂守丞印

阅 牍 延 伸

在汉代，人们要出一趟远门，千山之阻、万水之隔自是困难重重，车马劳顿更是折腾人。因为古代官府对人口的严格控制，人们要出门远行必须向当地官府提出申请，经过官府严格审查后才会给予出入关口的证明文书，这种文书被称为"传"。

申请出入关传之人必须在官府著有名籍，要想成功申请一般包括如下几项程序：首先申请人向本人所在乡提出申请，具体包括出行的人数、物品、车马等，还有出行事项、往返时间、途经地点等。其次，负责乡里事务的乡啬夫收到申请后，再向县级部门的尉史等负责人汇报某乡某里某人想申请出行之传。同时乡啬夫会将申请书一并上报，并附上申请人符合申请条件的证明，包括申请人毋犯罪记录（即"毋官狱征事"），最后，依律令可取传。

尉史接到乡啬夫的汇报材料，经复核情况属实后出具证明文件，注明申请人的基本情况，要求将传书依递传送至所经过的各个关口（即"当传移过所"），请县邑侯国审核无误后不要拦阻，当准予通行。传书上会具署负责人、文书抄写人名，同时加盖印章，正式生效。

当然，上述步骤只是完成了出入关传的前期工作。申请人除持有此加盖印信的传文书外，县署还会交给申请人一枚有统一编号的真正的"传"。这个"传"事先由官府统一制作、统一编号，然后一剖为二，一半留官，一半交申请人。留于官府的半个"传"会提前发送至将要途经的关口。如某县会把事先制好的半"传"提前由专人移送至肩水金关。

从"元凤二年二月癸卯居延与金关为出入六寸符券齿百从第一至千左居官右移金关符合以从事第九百五十九"这件符传的编号可知，官府一次会制作上千个符传，然后统一编号，从第一号到第一千号，现在我们看到的是编号为第九百五十九号的符传。为防作伪，会在符传侧面契刻齿口，然后写上编号，再将符传一剖为二。合验时除剖面相合外，还需文字合二为一，这样就保证了合符的准确无误。要想作假，几无可能。

持"传"者到关口后，拿出"传"，交由关口，再将两半之"传"相合验。密合无间，核实无误后，方可通行，继续上路。如果持"传"者不慎丢失了"传"，不但无法过关，失"传"之人还会受到法律的严厉制裁。

觅迹悬索关

图 9-11　牍书简

（图注：简文内容应按简下数字序号释文，此处有编绳，故不调整）

1973年出土于肩水金关遗址。一牍（出土编号：73EJT8：51）一简（出土编号：73EJT8：52），均为松木材质。木牍较宽，右上侧略有残缺，长27厘米，宽3.7厘米，厚0.5厘米。木简较窄，下部残缺，长23.6厘米，宽1.3厘米，厚0.3厘米。两简内容相关，字体相似，编绳依旧，为同一册书。简文的性质是传书，说明了居延都尉史曹解掾与官大奴杜同移簿书到太守府去，因此发出传书给沿途需经过的卅井悬索关和肩水金关，要求依律令出入。官大奴杜同的名籍另简附上，正是简文中"名如牒"的反映。该册书是汉代牒书的代表。现藏甘肃简牍博物馆。

简牍释文

居摄二年三月甲申朔癸卯，居延库守丞仁移卅井县索、肩水金关，都尉史曹解掾葆与官大奴杜同俱移簿大守府，名如牒，书到，出入如律令。居延库丞印，啬夫当发君门下，掾戎、佐凤。

官大奴杜同年廿三，三月辛亥☐。

阅牍延伸

西汉武帝派骠骑将军霍去病率骑兵横扫盘踞河西走廊的匈奴浑邪、休屠诸部后，汉王朝在广袤无垠的千里河西走廊"列四郡、据两关"，移民屯垦，征发戍卒。自此，河西走廊成为中西交流的一条大通道，丝绸之路正式形成。根据史书记载，西汉在河西地区设置的最著名的边关即阳关和玉门关，两关均设在敦煌郡境内，是古丝绸之路上最重要的两个边关。

其实根据出土汉简记载，除阳关和玉门关外，在弱水流域下游的居延边塞汉王朝还修筑了肩水金关和悬索关，控扼匈奴沿弱水南下的要道，拱卫河西走廊酒泉郡和张掖郡，实现了"断匈奴右臂"，隔断了匈奴与南羌相勾结的战略目标。

然而，由于肩水金关和悬索关并不处于中原和西域交通的必经路线之上，两关之名最终湮没于历史之中，关址也被掩埋于漫漫黄沙之下。

1930 年，中瑞西北科学考察团瑞典考古学家贝格曼从发掘的汉简记载确认了肩水金关遗址，但还有一个名叫"县索关"的名称不断出现在汉简上。"县索关"即"悬索关"，从汉简记载知，此关位于肩水金关之北，处于居延绿洲的南端，悬索关与肩水金关是出入居延边塞的必经路线。

第九章
出入金关

图 9-12　自北向南俯瞰肩水金关遗址

但是，直到现在我们还没有找到悬索关的遗址。根据汉简记载，我们只知道，悬索关位于布肯托尼这片区域，即古居延绿洲的南大门。悬索关隶属于居延卅井候官管辖，故其关址应建在卅井塞防线上，且处于甲渠塞和卅井塞的交会处，这样才能管控南北往来的人员。

日迹天田的木西大栋

1973 年出土于肩水金关遗址。长方体木牍 1 枚（出土编号：73EJT23：286），长 13 厘米，宽 1.5 厘米，厚 0.2 厘米。四面书写"驿北亭卒日迹栋"，每面顶端与底端各有两道横线。日迹栋为边塞戍卒日迹天田时所用的木栋。现藏甘肃简牍博物馆。

驿北亭卒日迹栋
驿北亭卒日迹栋
驿北亭卒日迹栋
驿北亭卒日迹栋

一、天田

在烽燧线西面二三百米处是两道平行的塞墙，两道墙中间就是所谓的"天田"，过去人们对史书上记载的"天田"究竟是

图 9-13　驿北亭卒日迹栋

什么，总是争论不休。从汉简中得知，天田实际是一条由细沙铺成的侦迹线，也有拦截示警的作用，如有人员进出，必然要在沙面上留下痕迹。当时250多千米的居延烽燧线上都有这样的天田，额济纳旗现存可辨识的天田遗迹约170千米。

居延的戍边士卒每天都要"耕画天田"。所谓"耕画"，如同今天跳远比赛时平整"沙坑"、刮扫沙面，以便能清晰地看出越界人员留下的痕迹。

二、日迹天田

两千年前的额济纳河畔，每天清晨都会出现例行"日迹"的戍卒身影，所谓"日迹"，就是每天巡视沙面上的痕迹，判断是否有人畜出入边界。甲渠时候官属下的各"部"所辖烽燧的戍卒巡视时，要随身携带专门的"券""符"，巡视至两个相邻管段交界处，两个巡防区的戍卒要互相在对方的券或符上刻画标记，表示自己一方当日已巡视到界，回去后交给各自的长官查验、确认，写入每天的执勤记录，每月整理成簿册上报。

日迹梼，巡视天田时需随身携带，作为凭证之用。甘肃简牍博物馆馆里收藏的日迹梼为长方体，四面书写有同样的文字"驿北亭卒日迹梼"等。梼的下部凿有孔洞，推测原来有一根木棍插在上面，巡视者走到负责这段天田的终点时就插在沙地里，然后由另一位巡视至此的人取回去。这样就可以知道是否有按要求进行巡视。

万石仓印

　　1973 年出土于肩水金关遗址。木刻而成（出土编号：74EJT56：013），松木材质，长 15 厘米，宽 12 厘米，高 3 厘米。印章正面篆刻"万石"二字，阴刻而成。背面呈锥形，中有方空。该印当为仓储用印。汉代大湾地区是西北重要屯田区，万石仓印为实用物，表明当时仓储系统的发达。现藏甘肃简牍博物馆。

图 9-14　肩水金关万石仓印

万石

　　为防御北方匈奴南下侵扰河西边郡，西汉王朝赶走占据河西走廊的匈奴诸部后，先后设置了武威郡、张掖郡、酒泉郡和敦煌郡，在敦煌郡设置了阳关、玉门关，在张掖郡北境的居延边塞建有肩水金关和悬索关等关口，同时从内郡大规模征发戍卒和移民至河西边塞从事戍役杂作和屯田劳作等，通过一系列的措施，河西走廊的行政建置、军事塞防、邮驿交通、农畜生产以及各种后勤保障等一应俱全，保证了自武帝开通的中原与中亚以西这条陆上交通道路——丝绸之路的畅通无阻。这些措施都很重要，无一可偏废，出土自肩水金关的木制"万石"仓印就是当年居延边塞屯田和仓储的实物，印证了河西边塞屯戍吏卒和牛马畜力的粮草物资供应得到官府的有力保障。

　　居延边塞自南而北沿弱水（今称黑河或额济纳河）修筑，西汉王朝在居延地区开辟了居延屯田区和肩水屯田区两个较大规模的农业区域，开渠引水，翻耕土地，抽调田卒，以及提供牛、马畜力，实行集体耕作方式。居延是最早实行赵过代田法的地区，在居延汉简中就有"代田仓"的诸多记载，这说明汉代居延地区的屯田有完整的制度，生产的粮食也用于供应边塞。为保证粮食的储存和分配，各级机构从都尉府至基层的部隧一般都建有专门的粮仓。

　　"河南匽师西信里苏解怒车一两。为鑯得骑士利成里留、安国、邬载肩水仓麦小石卅五石，输居延。弓一、矢□二枚、剑一"，这是肩水候官雇车转输粮食出入金关时的记录。从简文记载可知，肩水候官的粮食需要转运到居延县去。因此肩水候官雇了一辆牛车，负责运送的人员为鑯得利成里骑士留、安国、邬三人，一共从肩水仓那里运输四十五石麦。

此外，居延边塞建立有完善的仓库巡视制度，在汉简中有相关的记载：

更始二年正月丙午朔戊午……□□毋水火盗贼发□

更始二年正月丙午朔庚申，令史□敢言之，乃己未直符。谨行视，诸臧内户封皆完时，毋水火盗贼发者，即日付令史严，敢言之。

更始二年正月丙午朔庚午，令史业敢言之，乃己巳直符。谨行时，毋水火盗贼发者，即日平旦付令史宏，敢言之。

这三枚简文是居延甲渠候官的令史值班巡视的记录。时间分别是更始二年正月丙午朔戊午日（前24年2月11日）、庚申（前24年2月13日）和庚午（前24年2月23日），"毋水火盗贼发"指在巡视中没有发现水灾和火灾，以及未发现有盗贼的情况。"诸臧内户封皆完"的意思是说仓库的门窗锁钥皆完好，未有被破开或撬挖的现象。

那么如何确定盛装在瓮坛中粮米是否有老鼠光临，或者被人偷窃过，"万石"仓印就可以起到查验的作用。我们推测该"万石"仓印是由第三方专人保管，待粮米入库堆积起来，或装入瓮坛之类的储粮器中后，就在粮米表面印上"万石"印，如果表面积较宽，则反复加盖，保证所有表面都有"万石"印痕。这样，老鼠爬过、人手动过的话就会破坏"万石"印，很容易被查看出来。通过这种方式可保证入库粮米的安全性，专人保管"万石"仓印也避免了内部人员监守自盗的发生。

金关的"弼马温"

图 9-15　肩水金关木板画

文物简介

　　1973 年出土于肩水金关遗址。两片木板拼接绘制而成（出土编号73EJT28：01），木板左右两侧有穿孔，用丝绳系连为一个整体。整个木板长 25.5 厘米，宽 20 厘米，厚 2 厘米。画面为墨线绘成，主体内容为大树下系一匹马，右侧站一吏士。树上画有悬挂着的猴子形象，以及飞行在空中的雁的形象。关于画面的主题内容，或认为与厌胜有关。古代有养猴以避马瘟的习俗。如宋代洪迈《夷坚志》说："常畜猕猴于外厩，俗云与马性相宜。"又宋代许洞《虎钤经》卷十"马忌"条说："养猕猴于坊内，辟患并去疥癣。"汉代边塞多养马，金关边塞经常和草原游牧民接触，出现的猴与马的木板画，可能与此习俗相关。现藏甘肃简牍博物馆。

阅读延伸

孙悟空从菩提老祖那里学成之后，先是在花果山占山为王，后来又大闹龙宫，独闯阎罗殿，玉皇大帝本来要下旨捉拿，但在太白金星的调停之下，玉帝以招安的形式把孙悟空安置到了天庭任职，被授予的官职是"弼马温"，即御马监的正堂管事。猪八戒经常在背后说孙悟空"这该死的弼马温"，甚至妖魔鬼怪也经常拿"弼马温"来嘲笑他，这都发生在后来孙悟空陪唐僧西天取经的过程中。

那么，"弼马温"到底为何意呢？我国古代有在马厩里养猴子的习俗，认为这样可以避免马生瘟疫，弼，是辅助的意思，又是避的谐音；瘟是发病的意思，又是温的谐音，所以取"避马瘟"的谐音而来。"弼马温"的来源还有另一种说法。明代大医学家李时珍专门提醒，得在马厩养母猴。这是为什么呢？有学者给出答案，说是母猴生理期的分泌物，沾到了草上后，再让马吃，就不用担心瘟疫了。虽然没有令人信服的证据，都是些相关的传说记录，但从一些历史文献和出土的文物中尚能探得一丝痕迹。

在许多石雕马桩的桩顶上就雕刻有灵猴的模样，在马场马厩等场所也有灵猴的石刻形象，在皇家马场也确实有马猴共养的记录。北魏贾思勰所著的《齐民要术》中记载有"常系猕猴于马内中，辟恶消百病"，这也就是"避马瘟"的由来。李时珍说："《马经》言：马厩畜母猴，辟马瘟疫。逐月有天癸流草上，马食之，永无疾病矣。"李时珍为证明养猕猴能避马病，还特别征引了一部《马经》。

1973年出土于甘肃金塔县肩水金关遗址的木板画上，也同样出现有"弼马温"。木板画上以非常简单的笔触画着一棵树、一匹马和一个养马

图 9-16　拴马桩

的人，树枝下面好像还挂着一个东西，神似猴子。虽然伴此出土的文物并没有出现文字题记来验证它到底为何意，但是我们沿着前文的脉络追随，可以相对确定地说，这圆点画的头、线状的身体和四肢、攀附在树枝上的就是猴子。

　　在中国历史上，马政一直是重要的主题，除战马相当于那时候的坦克外，贵族出行需要骑马或者乘马车，为了提高行政效率而设立的驿站也离不开马。肩水金关是汉代烽燧线上的一个边关，为了对抗擅长骑射的匈奴，边关不但要有兵，还需要马。汉朝从汉文帝开始就在边郡广设马苑三十六座，大量养马，又接纳归服的胡人协助养马。为了防止马生病，有猴的地方可养只猴，没猴的地方就画只猴。这正如同家门口贴的门神，虽然是画的，但古人相信画的同样有辟邪镇宅的作用。这方木板画，大致就是这个含义了。

201

图片来源

第一章　生态保护

图 1-1　甘肃简牍博物馆提供

图 1-2　甘肃简牍博物馆提供

第二章　任免升迁

图 2-1　甘肃简牍博物馆提供

图 2-2　甘肃简牍博物馆提供

图 2-3　甘肃简牍博物馆提供

图 2-4　甘肃简牍博物馆提供

图 2-5　甘肃简牍博物馆提供

图 2-6　甘肃简牍博物馆提供

第三章　民风习俗

图 3-1　甘肃简牍博物馆提供

图 3-2　甘肃简牍博物馆提供

图 3-3　额济纳旗居延遗址保护中心刘鹏提供

图 3-4　额济纳旗居延遗址保护中心刘鹏提供

图 3-5　额济纳旗居延遗址保护中心刘鹏提供

图 3-6　甘肃简牍博物馆提供

图 3-7　百度百科"酒曲"概述图

图 3-8　北京画院微信公众号《汉画像砖石上的酒事酒具》2019-12-06

图 3-9　朱明歧：《汉代方相氏驱鬼逐疫砖》新民晚报 2020-04-22

图 3-10　方相氏《孙说》（采自图版 33）

第四章 禁止之事

第五章 乘塞守边

第六章　官司纠纷

第七章　宦海浮沉

图 7-1　甘肃简牍博物馆提供

图 7-2　甘肃简牍博物馆提供

图 7-3　甘肃简牍博物馆提供

图 7-4　甘肃简牍博物馆提供

图 7-5　甘肃简牍博物馆提供

图 7-6　甘肃简牍博物馆整理研究部主任肖从礼摄

图 7-7　甘肃简牍博物馆整理研究部主任肖从礼摄

图 7-8　甘肃简牍博物馆提供

图 7-9　甘肃简牍博物馆提供

图 7-10　甘肃简牍博物馆提供

图 7-11　甘肃简牍博物馆提供

图 7-12　甘肃简牍博物馆提供

图 7-13　甘肃省博物馆馆藏文物

图 7-14　甘肃简牍博物馆提供

图 7-15　甘肃简牍博物馆提供

图 7-16　甘肃简牍博物馆提供

图 7-17　李圃：《甲骨文选注》，上海古籍出版社，1989 年，第 55 页。

图 7-18　甘肃简牍博物馆提供

第八章　地湾往事

图 8-1　甘肃简牍博物馆提供

图 8-2　金塔县博物馆李国民摄

图 8-3　金塔县博物馆李国民摄

图 8-4　金塔县博物馆李国民摄

图 8-5　金塔县博物馆李国民摄

图 8-6　甘肃简牍博物馆提供

后　记

　　本书为"简"述中国系列丛书之一，内容多为甘肃简牍博物馆微信公众号"'简'述中国"系列文章的集辑，主要作者和参与人员为甘肃简牍博物馆的诸位同事，其中馆员高倩如承担了本书中九万多字的撰写任务，助理馆员魏怡帆承担了本书五万多字的撰写工作，以及整个书稿的前期整理和编辑。书稿还选录了甘肃简牍博物馆研究馆员肖从礼，助理馆员吉强、马翕娴等人的文章。甘肃简牍博物馆的助理馆员何泓乐、程卓宁拍摄了约30张简牍文物照片用于本书配图。在撰写过程中，科技保护部的馆员常燕娜、高泽、杨升协助查阅简号，拍摄简牍，做了大量琐碎但很重要的基础工作。

整理研究部肖从礼记